O mundo desdobrável:

ensaios para depois do fim

Carola Saavedra

O MUNDO DESDOBRÁVEL

ENSAIOS PARA DEPOIS DO FIM

coleção **NOS.OTRAS**

Para Victoria

Mas os livros que em nossa vida entraram
São como a radiação de um corpo negro
Apontando para a expansão do Universo
Porque a frase, o conceito, o enredo, o verso
E, sem dúvida, sobretudo o verso
É o que pode lançar mundos no mundo
Caetano Veloso

PRÓLOGO

Este não é um livro de ensaios no sentido tradicional do termo, tampouco há uma ideia apresentada e desenvolvida de forma linear e nem mesmo uma tentativa de defender uma tese ou convencer. Talvez este livro se aproxime mais de uma longa conversa, fragmentos que se estendem no tempo da escrita e no espaço das páginas, ideias que seguem e retornam em espiral, sem necessariamente atingirem um ponto de chegada. Uma conversa arejada para que o leitor construa suas próprias conexões. Uma conversa de linhas que se interceptam, criando alguns nós, mas que também se afastam, traçando caminhos diferentes. Talvez a melhor metáfora seja o jogo, um ensaio modelo-para-armar, com várias peças: algumas reflexivas, outras informativas, algumas biográficas (ou ficcionais?), outras ficcionais (ou biográficas?).

Quanto à temática, apesar de passar por uma série de assuntos, da biologia ao cinema ou da antropologia à jardinagem, a linha que tudo alinhava é uma só: a literatura. Mais especificamente, a pergunta: o que pode a literatura? Que horizontes ela alcança? Ou, mais especificamente ainda: o que pode a literatura em um mundo em colapso, assombrado pelo aquecimento global, pandemias, ascensão da extrema-direita, aumento da miséria, entre outras tragédias? Em suma, em uma realidade na qual tudo parece mais urgente que a literatura? Não há uma única resposta a essa questão, mas certamente acredito que a literatura pode nos ajudar a abrir clareiras e vislumbrar, coletivamente, a construção de outras realidades. Caminhos que passam pelo nosso profundo desejo de vida, ficção e arte.

A ESCRITA DO FIM DO MUNDO

1.
Outro dia passou por aqui um furacão. Literalmente. Tornou-se o grande assunto na mídia alemã, um furacão que, vindo do Norte, atravessaria o país, e Colônia estava prevista como uma das principais cidades em seu caminho. As escolas fecharam, compromissos foram adiados, muita gente não foi trabalhar, toda a cidade em alerta. No final, o furação foi bem menos impressionante do que as chuvas no Rio de Janeiro ou o dia que se fez noite em São Paulo, mas ficou a lembrança do momento em que fui até a varanda salvar umas plantas esquecidas e me deparei com o cheiro de mar, a umidade; o furacão nem havia aparecido ainda, mas já trazia com seus primeiros ventos um pouco do mar do norte. Quando ele finalmente chegou em Colônia, já era de madrugada e eu dormia sonhos intranquilos que se esvaíram logo ao despertar.

2.
Aqui perto fica o Museu do homem de Neandertal (*Neanderthal Museum*). Uma dessas improváveis coincidências. Há tempos o *Homo sapiens neanderthalensis* faz parte dos meus interesses aleatórios – costumo pensar em sua extinção, especialmente no fato de ele ter habitado a Terra por mais de 300 mil anos antes do *sapiens sapiens* surgir. Sabe-se que, após meros 40 mil anos de *sapiens* (coexistência após o *sapiens* se espalhar para fora da África), o homem de Neandertal acabou. Essa sombria coincidência. Sabe-se que tinha domínio do fogo, da linguagem, cuidava dos velhos e doentes, criava artefatos,

cumpria rituais funerários. Sempre me pareceu no mínimo curioso alguns cientistas afirmarem que o fim do homem de Neandertal se deve, entre outras possibilidades, ao fato de ele não ter sido capaz de criar ficção. Mas será possível ser capaz de falar sem, automaticamente, criar ficção? Rememorar o passado ou simplesmente contar como foi a última caçada? Será possível enterrar seus mortos sem criar ficção? Afinal, o que é a morte além de uma grande ficção? Talvez a maior de todas. Penso no último remanescente, o último homem de Neandertal olhando para um mundo que se acabava.

3.

Sabe-se que as baleias têm linguagem (inclusive dialetos) e que os elefantes choram seus mortos. Nada é natural na natureza.

4.

A primeira vez que li a palavra *Antropoceno* foi num artigo do jornal *The Guardian*, que apresentava o filósofo Timothy Morton como uma das principais vozes desse novo período geológico: o profeta do Antropoceno. Fiquei sabendo que Timothy Morton trocava cartas com Björk. É possível acessar on-line essa correspondência. Numa delas Björk diz (em caixa-baixa, tenho especial simpatia por quem escreve em caixa-baixa): "sinto que, de muitas formas, nós, os islandeses, somos um pouco diferentes dos eua e da inglaterra. de certo modo, nós perdemos a revolução industrial, o modernismo e o pós-modernismo e agora estamos vindo direto do colonialismo (...)." Me pareceu que fazia sentido esse intercâmbio.

5.

O Antropoceno é o nome que alguns dão à (nova) era geológica que estamos vivendo e que caracteriza-se pela atual e incontestável capacidade humana de destruir o planeta e tudo o que há nele (incluindo a nós mesmos). Alguns datam o fim do Holoceno (era geológica anterior, que durou quase 12 mil anos) no início da Revolução Industrial, outros preferem a tese da grande aceleração, que põe o fim do Holoceno na explosão da primeira bomba atômica, no deserto do Novo México. Quem viu o último *Twin Peaks* vai se lembrar do impressionante episódio oito, quando essa mesma explosão atômica libera o espírito maligno que dará todas as dores de cabeça ao agente Cooper e a quase todo o resto do elenco. De certa forma, o que fizeram foi nada mais nada menos do que dar um nome científico (ou vários) para o que antigamente chamávamos de fim do mundo. É claro que a palavra *Antropoceno* provoca uma série de críticas: dá uma roupagem "científica" a saberes que sempre existiram nas culturas não ocidentalizadas e que até então eram vistos como simples ideias exóticas e, além disso, mais uma vez coloca o ser humano como medida de todas as coisas. Surge então uma longa lista de conceitos e discursos, como o Capitaloceno (o capitalismo como eixo central desse ocaso) ou Chthuluceno (termo proposto por Donna

Haraway, que considera as relações entre os diversos seres que compõem a vida na e da Terra). Enfim, seja como for, o mundo vai acabar, ao menos como o conhecíamos: há fatos concretos muito claros, como o aquecimento global, a pandemia, a destruição acelerada da natureza. E, junto com esse ocaso, entra em crise também a mentalidade vigente: a razão cartesiana ocidental colonialista binária (poderia acrescentar mais alguns adjetivos...), e nada mais será como imaginávamos antes. Mas, ao contrário do que possa parecer, há sempre luz no fim do túnel (ao menos luz ao sul da tempestade!). Essa crise nos traz a valiosa oportunidade de lançar um novo olhar sobre o que sempre esteve ali, mas não queríamos enxergar: as visões de mundo indígenas, afro-brasileiras, amefricanas, aborígenes, entre outras. Diante da difícil tarefa de repensar conceitos como humanidade, natureza, cultura, subjetividade, são justamente as culturas e cosmogonias marginalizadas que podem nos oferecer soluções, *insights* e apontar caminhos a seguir. Ao menos luz ao sul da tempestade.

6.

Em Frankfurt, esteve em cartaz uma exposição chamada *Trees of life*, com o subtítulo: *narrativas para um planeta deteriorado*. O objetivo era criar um diálogo entre ciência e arte, o que inclui diversos saberes: física, biologia, ecologia, artes visuais, literatura, e a pergunta principal era: *quem somos?* E especialmente: que relação é essa entre natureza e civilização? Quem ou que discursos definem o que é natureza ou o que é humano? Afinal, o que é o ser humano? Um animal como outro qualquer? Um ciborgue? Um sonho? Um cérebro? Um corpo humano? Esse corpo que, segundo os cientistas, abriga apenas 43% de células humanas. Porque, sim, nem mesmo o corpo humano é tão humano como pensávamos.

7.

Algumas frases que sempre me acompanham: *O inconsciente é estruturado como uma linguagem* (Lacan); *A literatura é o sonho acordado das civilizações* (Antonio Candido); *Os grandes escritores são aqueles que inventam os seus leitores* (Ricardo Piglia).

8.

Durante a sua longa passagem neste planeta (500 mil em comparação aos nossos 200 mil anos), o *Homo neanderthalensis* aprendeu a fabricar artefatos (caça e pesca) e deixou nas cavernas no sul da Espanha, além de conchas perfuradas que um dia foram parte de um colar, rastros de imagens, desenhos, essas coisas que costumamos chamar de arte. Depois os cientistas descobriram que nossa porcentagem de DNA neandertal pode chegar a até 4% em alguns casos. Ou seja, essa herança continua em nossos genes, lembrando-nos que, apesar de nossas vaidades, sim, somos nós, mas também somos um outro.

9.

Releio *A queda do céu*, de Davi Kopenawa. Um livro lindo e triste e urgente. Trata-se de um longo depoimento dado pelo xamã Yanomami ao antropólogo francês Bruce Albert. Leio a versão em português, que é a tradução da tradução da transcrição. Quer dizer, a fala de Kopenawa originalmente em Yanomami foi transcrita e traduzida para o francês (o livro foi publicado inicialmente na França) e só depois para o português. Me parece bonita essa inacessibilidade linguística que representa, de alguma forma, nossa inacessibilidade a esse outro lugar. Como numa caverna de Platão, nos chegam sombras de uma imagem inatingível, mas, ao contrário do que imaginava Platão, um original que não há, que é verdade fragmentada, opaca, ambígua, contraditória. Observo com atenção, o xamã Yanomami nos avisa: se acabar a floresta o céu vai cair sobre todos nós. É uma profecia.

10.

O fim do mundo é um cenário que se estende também a outras áreas, como política, artes, cultura e, obviamente, também à literatura. E então, após alguns desvios, chego finalmente aonde queria chegar: como fica a literatura, este sonho acordado (*ensueño, Tagestraum*) da civilização se a própria civilização está sendo questionada? Seja pelas possibilidades tecnológicas que se abrem, seja pelo capitalismo que tudo permeia (na famosa pergunta de Mark Fisher: "É mais fácil imaginar o fim do mundo do que o fim do capitalismo?"). Como escrever em tempos tão urgentes e estranhos? Como escrever sobre nós se cada vez sabemos menos quem somos? Como escrever num planeta em acelerada transformação? Escrevemos e já não é e, de novo, já não é, a cada frase. Em outras palavras, num mundo cada vez mais incerto, mais irreal, como abordar a realidade?

11.

Timothy Morton desenvolveu o conceito de hiperobjetos. Hiperobjeto seria uma estrutura que ultrapassa o tempo e o espaço, como, por exemplo, o aquecimento global. Não vemos o aquecimento global ou suas consequências de uma vez, por isso, para muitos, ele pode parecer inexistente. O aquecimento global se estende além de nós e provavelmente permanecerá ainda muito tempo depois de desaparecermos. Gosto de pensar no livro como um hiperobjeto, o livro não apenas como algo que guardamos na estante, mas um acontecimento que inclui uma série de pessoas: autor, editor, revisor, capista, artista que pintou o quadro que serve de imagem de capa. E depois do lançamento: livreiros, os leitores do livro, que, com sorte, podem se estender por décadas, com mais sorte ainda, ainda mais. Todas as leituras e todas as vidas que o livro afetou, transformou, tocou, os amores e ódios que suscitou, as resenhas, os posts nas mídias sociais, depois as traduções, tradutores, outras leituras, o livro e tudo o que reverbera na vida do autor, as pessoas que ele encontra, os eventos, as dedicatórias, os amores, às vezes transposições para o cinema ou o teatro, as atrizes, os atores, os cenários.

12.

Em *Há mundo por vir?*, de Déborah Danowski e Eduardo Viveiros de Castro, há um trecho sobre o conceito Yanomami de humanidade e natureza – para os Yanomami o humano precede o mundo. Antes do mundo havia o espírito humano, depois, partes desse espírito foram se transformando em rios, pedras, montanhas, animais, e alguns que sobraram permaneceram na sua forma humana. Sendo assim, tudo o que existe é humano, guarda sua alma humana. E não nós, ápice e fim da criação, apartados da natureza. O mais interessante dessa perspectiva é que ela não é única dos Yanomami, mas aparece em diversas culturas indígenas. É o caso dos aborígenes da Austrália. Robert Lawlor, em seu livro *Voices of the first day*, nos explica que, para os aborígenes, os ancestrais teriam criado todas as coisas simultaneamente e que, nesse início, elas podiam se transformar umas nas outras: uma planta podia se transformar num animal, um animal numa montanha, uma montanha num homem ou numa mulher. Há tempos penso nas possibilidades da escrita, de uma literatura deslocada do sujeito, onde tudo tem voz: o rio, a chuva, a floresta, o trovão e até as capivaras. Uma escrita mais próxima do sonho, do transe, da alucinação, do que (ainda) não sabemos que sabemos. Não um livro que escrevemos, mas um livro que nos escreve. Uma literatura que se dá na compreensão (e humildade) de que não somos nós que a sabemos, mas é ela que nos sabe.

13.
Sonho sonhos cada vez mais vívidos. Acordo sem a certeza de onde estou. Sonho que um furacão vai passar pela cidade de Colônia e ao sair para a varanda sinto o cheiro de mar. Sonho que o furacão é uma entidade, um sujeito outro – a entidade me entrega um colar de conchas, eu me enfeito e me reconheço, enfim, no reflexo das águas.

A CALIGRAFIA ENQUANTO COREOGRAFIA

1.
Paraty, qualquer ano, caminho pelas ruas de pedra durante a Flip. O centro pitoresco da cidade. As ruas cheias, escritores, leitores, interessados aleatórios que vêm de várias partes do Brasil, mas principalmente Rio e São Paulo, para vivenciar esse momento único da cultura, a Flip. As famosas pedras de Paraty. No chão, junto às pedras, grupos de homens e mulheres vendem artesanato, colares de contas, instrumentos musicais, penas coloridas. Indígenas (há aldeias Guarani aqui perto, alguém comenta), crianças que acompanham, correm, eu compro um tamanduá talhado em madeira. Guardo na bolsa. Mas a palavra *artesanato* fica ecoando, essa quase arte. Continuo pelas ruas de Paraty. A festa.

2.
São tantas as vezes em que passamos assim, despercebidos pela vida, pelo mais importante da vida. Passamos incautos, sem prestar atenção, sem ver, sem enxergar. Como um livro que compramos por impulso e logo esquecemos, até que um dia, distraídos, nos lembramos dele, tiramos da estante, olhamos, mas não lemos, guardamos novamente porque não gostamos da capa ou porque o título nos pareceu estranho ou porque alguém nos chamou lá da cozinha, o café está pronto, ou fulaninho chegou. Então, passam-se anos, talvez décadas, até que num domingo à tarde, ou nas férias de verão, começamos enfim a leitura e pronto, tudo se transforma. E ficamos ali, surpresos, nos perguntando, como é possível? Todo aquele tempo

essa possibilidade estava ali, ao alcance da mão. Por que só agora? Por que não antes?

3.

Bienal de São Paulo (2018), chego um pouco atrasada para a inauguração. O público se aglomera do lado de fora onde é possível comprar bebidas e algo para comer. Peço uma empanada boliviana e uma taça de vinho; a decoração lembra vagamente uma festa popular, ou ao menos me parece ser esse o objetivo. Encontro algumas pessoas, vejo outras, e depois dessa breve festa inaugural me dirijo ao centro da Bienal. Logo me chamam atenção um imenso painel onde se lê "antes tudo era um" e, nos ciceroneando, a foto de dois indígenas, o rosto pintado com linhas brancas verticais, cada um com seu gorro de pele. Uma imagem impressionante, e não só essa. Caminhando pelo pavilhão me deparo com uma série de outras fotografias no mesmo estilo, indígenas com o corpo pintado, às vezes usando estranhas máscaras e acessórios. Parecem espíritos de um lugar anterior, uma vida anterior, um inframundo. Têm algo arquetípico, ao mesmo tempo sublime e assustador. Passo por eles, me aproximo da placa onde é possível ler as informações sobre as imagens; o texto explica que o fotógrafo é Martin Gusinde e também diz algo sobre os espíritos ou entidades que aquelas imagens representavam. Fico sabendo também que Gusinde nasceu em 1886 em Breslávia, na Polônia, e morreu em Mödling, Áustria, no ano de 1969. As placas me informam também sobre o ano em que foram feitas as fotos, todas em 1923. Sobre os indígenas ali retratados, nada me parece estranho, mas não penso mais no assunto, apenas naquelas imagens que me acompanhariam por muito tempo. Como um sonho, ou um pesadelo.

4.

Dois anos depois a minha vida havia se transformado completamente. Eu me mudara para a Alemanha e agora era professora de literatura e cultura brasileira na Universidade de Colônia. Estava pesquisando sobre arte indígena quando me deparei com a performance de Denilson Baniwa, um artista indígena que vem adquirindo cada vez mais espaço e reconhecimento artístico. A performance *Pajé-Onça Hackeando a 33ª Bienal de Artes de São Paulo* pode ser vista num vídeo de 15 minutos que mostra o artista diante daquelas mesmas fotos que tanto me impressionaram. Ele, descalço, sem camisa, usando uma capa com estampa de onça e uma máscara amarela de onça, caminha pela exposição carregando uma maraca e algumas flores. O escasso público que passa por ali o observa com desconfiança, como se se tratasse de um estranho personagem. Alguém pergunta se ele faz parte da programação oficial, ouve-se uma voz dizendo "eu não sei, eu só estou aqui para filmar". O Pajé-Onça passa diante de cada uma das fotografias do grupo indígena e numa atitude de reverência e luto põe flores diante de cada uma. Depois de andar pelo resto da exposição vai até a livraria dentro da própria Bienal, compra o livro

Breve história da arte e, colocando-se novamente diante do imenso painel com a fotografia da entrada, tira o seu traje de Pajé-Onça e anuncia, enquanto rasga o livro: "breve história da arte, breve, mas tão breve, que não tem índio nessa história da arte, mas eu vejo índios nas referências, eu vejo índios e suas culturas roubadas", e enquanto aponta para as fotos "Isso é o índio? (...) É assim que querem os índios, presos no passado? Sem direito a futuro? Lhes roubam a imagem, lhes roubam o tempo, lhes roubam a arte (...) arte branca, roubo (...). Estamos vivos, apesar do roubo, da violência, e da história da arte. Chega de ter branco pegando arte indígena e transformando em simulacros." A performance termina e ficam algumas perguntas no ar. Que etnia é aquela? Quem são aquelas pessoas que aparecem nas fotografias? O que aconteceu com elas? E como o próprio Denilson Baniwa indaga, por que não há nenhuma informação sobre isso? As perguntas ficaram ressoando. Como toda a arte que valha, ela não nos oferece respostas, mas nos faz as perguntas que nós mesmos não soubemos (ou não quisemos) formular.

5.

Sou uma mística cética e, diante de certas coincidências (Jung as chamava de sincronicidades), eu olho com divertido interesse. Como quem observa algo curioso, um cisne azul ou um papagaio neon. Eu acabara de assistir à performance de Baniwa, os pensamentos naquela etnia misteriosa e nas perguntas que não me fiz, quando recebo uma mensagem de uma amiga que diz: "assisti hoje, não teve como não pensar em você..." e vem acompanhada de um link para um filme que há muito eu queria assistir, mas que se perdera na correria do tempo, *El botón de nácar*, documentário do cineasta chileno Patricio Guzmán. Na mesma hora abro o link no computador, assisto. As primeiras cenas são de um bloco de quartzo e a voz de Guzmán que narra: "Este bloco de quartzo foi encontrado no deserto do Atacama, no Chile, tem 3 mil anos e contém uma gota d'água." Lembro imediatamente das flores, quer dizer, sementes adormecidas no mais árido do deserto do Atacama que, de quando em quando, vem uma chuva inesperada e elas florescem – essa vida encapsulada que a qualquer momento nos surpreende. Mas o filme, *El botón de nácar*, como todos os filmes do autor, é sobre a memória, sobre como o país lida com a sua memória. E nesse caso trata-se também da memória da água, não só da água encerrada no tempo, uma única gota, mas de todo um oceano, o oceano Pacífico que recebeu os corpos assassinados pela ditadura de Pinochet. Os mergulhadores resgatam os restos do que um dia foi uma pessoa: um botão de nácar. Tudo o que sobrou. Um botão que talvez uma família possa enterrar, levar flores para o botão, fazer enfim seu luto porque sem luto o morto nunca acaba de morrer. É um filme sobre um país genocida, que assassina a sua população – poderia ser o Brasil, poderia ser qualquer país do continente. Caminhamos todos sobre esse chão de mortos, essas flores do Atacama que a qualquer momento voltam, coloridas, fantasmagóricas. Continuo assistindo. O filme fala de genocídio e é quando, de repente, o mistério mostra o seu rosto, a sincronicidade (eu não acredito em coincidências), e surge então a mesma foto da Bienal de São Paulo, a mesma foto para a qual aponta Denilson Baniwa, a etnia sem nome. E é quando descubro quem são. Os Selk'nam. Selk'nam, repito, anoto num papel. Eu não sei nada sobre os Selk'nam. No filme descubro que estão extintos e que eram uma etnia originária da Terra do Fogo. Foram extintos em poucas décadas no início do século XX. Compro toda a bibliografia que consigo encontrar, mas há algo para sempre perdido.

6.

Eu tinha vinte e cinco anos quando visitei o meu tio na Dinamarca, o irmão do meu pai. Ele havia sido líder sindical na época de Salvador Allende e quando veio o golpe teve de se exilar. Primeiro em Cuba, depois na Dinamarca, onde ficou até o fim da ditadura. Uma das coisas que mais me chamou atenção é que a casa do meu tio em Copenhagen se parecia muito com a casa dos meus pais no Rio de Janeiro, uma série de memórias de um Chile pré-golpe nas paredes; junto à vitrola, LPs de Violeta Parra, Victor Jara, Inti-Illimani, Quilapayún; nas mantas coloridas que cobriam o sofá, o cheiro da comida temperada com cominho e merkén. Seu escritório, lotado de livros até o teto, revistas, recortes de jornais e fitas VHS em um estranho caos ordenado que era uma réplica do escritório do meu pai e do meu avô. Como se a genética se estendesse também à realidade que criamos ao redor.

Conversamos sobre a família. Meu tio, em seu tempo livre, estava trabalhando num estudo da árvore genealógica, e eu logo me interessei: quem são nossos antepassados? Ele respondeu sem titubear: espanhóis vindos da Galícia. Só isso?, eu perguntei, ele reafirmou. Achei estranho, pois tanto eu quanto o meu pai (e meu tio) temos um óbvio fenótipo indígena. Lembro que, quando criança, no prédio onde morávamos no Rio de Janeiro, os vizinhos, na falta de classificação para o meu pai, se referiam a mim e ao meu irmão como os filhos do japonês. Meio sem jeito, disse ao meu tio: mas nós não somos europeus. Ele me olhou indignado: claro que sim, somos descendentes de espanhóis, no máximo uma influência árabe, talvez andaluzes. Eu ri. Não entendia como o meu tio, um intelectual que tinha passado por tudo o que ele tinha passado, não era capaz de enxergar o óbvio.

7.

Denilson Baniwa assim como Jaider Esbell são artistas que trabalham com o que eles chamam de ReAntropofagia. Jaider Esbell escreveu um ensaio com o título "Makunaima, o meu avô em mim!". Exatamente, Makunaima e não Macunaíma. Trata-se do demiurgo, ser sagrado, nas culturas indígenas da região de Roraima. Sua trajetória até a literatura brasileira passa por caminhos conturbados. Quem primeiro se interessa por essa mitologia é o etnólogo alemão Theodor Koch-Grünberg, que coletou as narrativas dos povos Taulipang e Arekuná, o que resultou no livro *Vom Roraima zum Orinoco* (1917).

E foi através dele, não por acaso, que Mário de Andrade, que já vinha estudando o "folclore" indígena brasileiro, teve acesso às informações que lhe servem de base para *Macunaíma – o herói sem nenhum caráter* (1928), que é a forma como essa mitologia chega até nós. Mas agora Esbell reivindica Makunaima, a entidade mítica Makunaima, para si e para os seus: "Então Makunaima me aparece primeiro colonizado? Eu nem bem apresentei o meu avô e já lhe convido a ir além do gênero, além do tempo. É que vamos ter que visitar um outro mundo. Isso eu também devo lhe avisar. Devo lhe avisar que estas estórias são parte da minha vida e que realmente Makunaima é meu avô; isso é um fato. Makunaima e muitos outros vovôs são daqui do extremo norte da Amazônia. Nós temos uma história e uma geografia. Somos parentes diretos. É uma relação biológica, genética, material e uma parte substancial em espírito, ou energia." Assim, ao dizer *meu avô*, Esbell refere-se não apenas ao seu ancestral, mas à ancestralidade de todo um grupo. E voltando à ReAntropofagia, que nada mais é do que a antropofagia da antropofagia, o avesso do avesso, temos a pintura de Denilson Baniwa, o quadro *Reantropofagia* (2018), que apresenta a cabeça de Mário de Andrade servida numa cesta-bandeja e junto a ela um exemplar de *Macunaíma*. E com isso Baniwa, mais uma vez, nos chama a atenção: índio não é folclore, índio não é enfeite, índio não é fantasia. Índio não é "índio".

8.
Os Selk'nam são uma etnia extinta da América do Sul. Como tantas outras. Quantas existirão, extintas feito fantasmas vagando pelo continente, vozes gravadas no vento, nas montanhas, passos que um dia pisaram a terra durante décadas, milênios, todo um ritmo, palavras para sempre em silêncio. Isso é a extinção, e mesmo assim há algo de incompreensível que permanece. Nosso continente é feito de fantasmas e silêncios. Até pouco tempo atrás eu nada sabia sobre eles, essa extinção em camadas. Agora, depois de muitas leituras, sei algumas coisas: sei que os Selk'nam eram altos, muito mais altos que a média, andavam nus e se cobriam com peles de guanaco para suportar o frio extremo da Terra do Fogo. Viviam na chamada Ilha Grande da Terra do Fogo e não sabiam navegar. Os Selk'nam eram nômades. Viveram lá por mais de 10 mil anos. Quando os colonizadores chegaram, eles ficaram presos na ilha, sem ter para onde fugir. Uma ilha pode ser um sonho, uma ilha pode ser uma maldição. Morreram. Foram exterminados. Os colonos ofereciam boas quantias em dinheiro por suas cabeças, mãos, pés e pelas orelhas das crianças. Um dia uma antropóloga francesa foi entrevistar Angela Loij, a última Selk'nam, a última sobrevivente filha de pai e mãe Selk'nam. Esse encontro pode ser rememorado no filme *Onas* (1967), de Anne Chapman e Ana Montes ("onas" era a designação pela qual por muito tempo foram conhecidos os Selk'nam, um nome dado pelos outros). A antropóloga, Anne Chapman, que conviveu muitos anos com Angela, resume o que me parece ser o cerne da tragédia dessa

sobrevivente: "Angela cresceu entre seu povo (...) Acho que Angela se sentia Selk'nam, embora fosse tarde demais para *ser* Selk'nam". Mais adiante, Anne comenta que a última mulher Selk'nam não era muito afeita ao banho e que jogava o lixo no chão da pequena casa onde vivia. Comenta também que a última mulher Selk'nam a esperava na varanda, mesmo quando sabia que ela não viria. As duas imagens permanecem. A última mulher Selk'nam, que não cuidava da limpeza como se esperava dela, e a última mulher Selk'nam esperando na varanda alguém que ela sabe que não virá.

9.

Começo a conversar com meus irmãos, com amigos brasileiros, mexicanos, chilenos – todos têm histórias para contar sobre o silêncio nas famílias, o silêncio em relação à origem indígena ou africana. Histórias sobre a foto da bisavó que desapareceu porque ela era muito escura ou do sobrenome do bisavô que era outro, mas que fora destruído junto com seu registro anterior. Sobre isso nada se fala. Uma espécie de elo perdido. Como se fôssemos todos brancos. Ou então o velho discurso da mestiçagem que criou os pardos no Brasil e os *mestizos* no resto da América Latina, todos "quase brancos", adormecidos de si mesmos. E me vem à lembrança a minha viagem ao México, caminhando pelo Zócalo, a imensa praça principal. A cidade do México foi construída sobre Tenochtitlán, a capital Asteca; a Catedral sobre o Templo Mayor, toda uma vida que ficou no subterrâneo, ruínas sob camadas e mais camadas de terra nova – de tempos em tempos aquele mundo soterrado vem à tona. O mundo soterrado, mais cedo ou mais tarde, sempre vem à tona.

10.

Numa entrevista, Ailton Krenak conta que muitas vezes ao andar na rua em Belo Horizonte as pessoas lhe perguntavam de onde ele era, se era boliviano, peruano, indiano, árabe. Ele lança a pergunta: por que para um brasileiro é mais fácil identificar um peruano, indiano ou árabe do que um índio, um nativo daqui? É uma pergunta que coloca o dedo na ferida, aponta para algo muito complexo e ao mesmo tempo óbvio.

11.

Um dos poemas mais conhecidos de Graça Graúna aponta para um fato comum do continente, o exílio dentro do próprio país, dentro da própria história. É a longa noite que une a todos num destino em comum.

Canção peregrina

I
Eu canto a dor
desde o exílio
tecendo um colar
muitas histórias
e diferentes etnias

II
Em cada parto
e canção de partida,
à Mãe Terra peço refúgio
ao Irmão Sol, mais energia
e à Irmã Lua peço licença poética
para esquentar tambores
e tecer um colar
de muitas histórias
e diferentes etnias.

III
As pedras do meu colar
são história e memória
são fluxos de espírito
de montanhas e riachos
de lagos e cordilheiras
de irmãos e irmãs
nos desertos da cidade
ou no seio da floresta
(...)

12.

Em seu livro *Staying with the trouble*, a bióloga e filósofa Donna Haraway apresenta uma série de conceitos e narrativas importantes para pensar a situação do planeta e o futuro dos seres vivos que fazem parte dele. Entre as narrativas, a que mais me marcou é a de uma orquídea. Conforme explica Haraway, é comum uma espécie de simbiose entre flores e abelhas, e, no caso das orquídeas, muitas costumam mimetizar o formato da abelha fêmea para atraírem o macho e serem polinizadas por ele. Poderíamos pensar que a flor engana o pobre coitado, mas não se trata disso, e sim de uma relação em que todos saem ganhando. Mas, o que me chamou atenção realmente foi o fato mencionado por Haraway, de que existe um tipo de orquídea que tem o formato de uma abelha já extinta. E ela fica ali, belíssima, à espera de alguém que não mais virá. O que me lembra o filme *Ran*, de Akira Kurosawa, baseado no Rei Lear, de Shakespeare, mas transposto ao Japão do século XVI: na cena final, um jovem cego, à espera da irmã que nunca virá porque foi morta, é o último sobrevivente nas ruínas do castelo da família. Uma das cenas mais tristes e belas que eu já pude ver no cinema.

13.

Era a minha primeira viagem ao Chile depois de ter ido morar no Brasil aos três anos de idade. Minha primeira viagem coincidia com o fim da ditadura e eu chegava naquele país após uma longa ausência que tinha durado praticamente a minha vida toda. Entre as lembranças mais fortes, uma ida ao Museu de Arte Precolombino acompanhada de um amigo chileno. Era a primeira vez que eu me deparava com a cultura Mapuche, sobre a qual eu nada sabia, embora sentisse ali uma inexplicável familiaridade. O momento mais estranho foi quando o meu amigo apontou para uma foto e disse: olha só, o seu pai! Eu olhei e qual não foi a minha surpresa ao constatar a incrível semelhança entre o meu pai e aquele homem fotografado no final do século XIX. Eu tirei uma fotografia da fotografia – na época não havia celular. Depois de voltar ao Brasil eu mandei revelar com uma cópia extra que dei de presente para o meu pai, mas ele não se mostrou muito impressionado com a minha descoberta. Como se ele visse, mas não enxergasse. Por muitos anos carreguei aquela fotografia como quem carrega uma pergunta.

14.

Releio *A sociedade contra o Estado*, do antropólogo francês Pierre Clastres. É um livro da minha época da faculdade e talvez uma das melhores lembranças dessa experiência. Escrito no início da década de 1970, o livro fala sobre como os Guarani lutavam contra o surgimento do Estado (e do poder do Estado) por meio dos xamãs (os karai) que sonhavam com a terra sem mal (nas mais variadas direções) e convenciam parte do grupo a sair em busca desse lugar, a terra sem mal, feito miragens que se multiplicavam. Segundo Clastres, essa era a forma talvez "inconsciente" que o grupo tinha de se fragmentar. A ideia por trás disso é que grupos grandes demais levariam necessariamente ao surgimento de um poder centralizador. Quando os europeus chegaram ao continente, a maioria dos povos que aqui viviam não tinham Estado, mais ainda, eram culturas que lutavam contra o surgimento do poder hierárquico como o conhecemos.

15.

Quando os ingleses chegaram na Austrália encontraram os povos aborígenes, culturas que até aquele momento haviam vivido a recusa de tudo o que a cultura ocidental considerara como progresso e civilização. Os aborígenes recusaram (a palavra é essa mesma) o uso de roupas, a arquitetura, a escrita e inclusive a agricultura, isto é, recusaram o abandono da vida nômade. Recusaram, não por falta de conhecimento ou de possibilidades, mas porque todas essas "tecnologias" iam contra sua espiritualidade e a visão de uma natureza que deve permanecer ao máximo intocada. A chegada dos ingleses significou o choque entre universos opostos, alienígenas um ao outro. Talvez, ao considerar os discursos do Antropoceno, seja interessante pensar nessa visão aborígene, que vê a passagem do nomadismo à agricultura como uma transformação sem volta rumo à destruição.

16.

Minha filha assiste ao desenho do Rei Leão, que é para ser uma espécie de versão de Hamlet, e comenta que o leão é o rei dos animais. Eu me questiono, pela primeira vez talvez, sobre a facilidade com que reproduzimos certas estruturas de poder. Aproveito para perguntar: mas filha, o que faz o rei dos animais? Ao que ela responde sem titubear: ele manda nos outros. Aha, e por que ele manda? Quem decidiu isso? Ela responde meio sem paciência: ué, ele manda porque o pai dele mandava e o avô também mandava. Eu aproveito a deixa, justamente: e quem estabeleceu isso?

Não sei, ela responde já entediada. Eu insisto, vai ver os outros animais não querem ser mandados por ele nem pelo pai dele, nem pelo avô – vai ver os outros animais querem tomar as próprias decisões, querem autonomia, a liberdade de cometer os próprios erros, sabe? Ela, sem tirar os olhos da tela, faz um carinho no meu ombro e diz, como se eu fosse um caso perdido: mamãe, você está atrapalhando o desenho.

17.

Chego num outro texto de Pierre Clastres, *A fala sagrada*. Este leio pela primeira vez; é um livro sobre a linguagem Guarani. Ele começa explicando o que são as famosas "belas palavras" (ne'e porã) – termo usado pelos Guarani para se referir à linguagem que lhes permite a comunicação com os deuses. Em outras palavras, a comunicação com os deuses se dá através da poesia, da linguagem metafórica, isto é, daquilo que nós chamamos literatura. Para os Guarani, as palavras têm alma. Clastres nos explica que a pergunta sobre de onde vem o mal é uma das suas questões filosóficas principais: "As coisas em sua totalidade são uma. E, para nós, que não havíamos desejado isso, elas são más." Gosto de imaginar uma interpretação muito específica para essa ideia: se a linguagem dos deuses é a poesia, a literatura, a metáfora, trata-se de uma linguagem de significado desdobrável em muitas possibilidades. Nesse sentido, o um nada mais seria do que o oposto desse conceito: uma verdade, um sentido único, o mal. Penso na frase que abria a Bienal de São

Paulo, uma frase sem autor, ou ao menos sem referência a um autor: "no início tudo era um." Mas talvez a questão seja justamente o seu oposto – no início tudo eram dois (ou o múltiplo). Como a literatura trabalha com pontos de fuga e se desdobra em inúmeros significados, se há uma linguagem divina, talvez ela seja exatamente isso que os Guarani já sabiam, essa linguagem metafórica, poética. A poesia que nasce do sagrado. Nas palavras de Clastres: "É porque a totalidade das coisas que compõem o mundo pode se dizer segundo o Um e não segundo o múltiplo que o mal está inscrito na superfície do mundo."

18.
Literatura indígena. Quando os europeus chegaram no continente, a maior parte das culturas eram ágrafas, muitas ainda são, e lembro das palavras do xamã Davi Kopenawa, que chama os livros de peles de árvores mortas. Para Kopenawa, nós matamos árvores com o intuito de gravar ali o que nossa memória inepta não é capaz de lembrar. Me pergunto, o que será a literatura indígena? Talvez antes seja necessário pensar nas semelhanças e diferenças entre os tantos povos indígenas. Como comparar os Guarani, que resistem em grandes cidades como Rio e São Paulo, e etnias no mais profundo da Amazônia sem quase nenhum contato com a civilização "branca"? Mas talvez antes mesmo de começar estes questionamentos seja importante se fazer uma outra pergunta: o que é literatura? Costumamos associá-la à palavra escrita, como se esta fosse a única possibilidade. Gosto

de imaginar que literatura é toda linguagem metafórica, toda linguagem simbólica: nosso corpo, uma árvore, um sonho, todo gesto de interpretação a partir deles é literatura. Um corpo que dança é literatura, a adivinhação do formato de uma nuvem. O filho que cresce no útero pode ser literatura. A voz que já não sai da garganta de um homem, uma planta que perdeu as flores, um rio, um vulcão.

19.

Ailton Krenak responde à pergunta sobre a existência de uma literatura indígena da seguinte forma: "Eu acredito que há uma literatura que emerge de cada cosmovisão." E ao falar do caráter oral da literatura dos povos indígenas, ele lança mão da sua retórica sempre poética e transformadora: "Ela não tem uma caligrafia, ela tem uma coreografia, ela dança."

20.

Para as culturas aborígenes da Austrália o mundo físico é a corporificação do que é criado no Tempo dos sonhos (*Dreamtime*): um mundo espiritual fora do tempo e do espaço. Ou seja, no Tempo dos sonhos já existe a semente do que virá a ser uma montanha, um rio, um animal ou uma pessoa. E esses mundos físico e espiritual (chamemos assim) estão interligados, ou, mais do que isso, são duas faces de uma coisa só. É uma visão belíssima e, de certa forma, traz para a existência do próprio universo o conceito de criação artística. O mundo físico seria a caligrafia do mundo espiritual, uma escrita feita de letras, mas também de imagens, de sons, de terra e pó de estrelas. Em *Voices of the first day*, Robert Lawlor nos explica essa relação entre o sonho e a vida aqui fora: "Em alguns grupos aborígenes, a primeira coisa que a pessoa faz ao acordar é uma longa caminhada pelo bosque ou pela costa, durante a qual cria uma canção baseada nos sonhos daquela noite. Os animais e pássaros, acreditam os aborígenes, ouvem o sonho sendo cantado e reconhecem que o cantor está em contato com o mundo interior, e por isso eles o ajudam em sua caça ou coleta diária." A ideia me arrebata, essa literatura feita a partir dos sonhos. Uma literatura capaz de transformar a realidade. Infelizmente, os aborígenes, assim como quase todos os povos originários, foram em grande parte exterminados, e nós pouco sabemos sobre eles. Como disse Davi Kopenawa, os brancos só sonham com eles mesmos.

21.

Talvez a questão principal ao falarmos de literatura indígena seja pensar o que significa a apropriação de uma ferramenta (a escrita) que não fazia parte das tradições desses povos, visto que foi trazida no processo de colonização. Alguns depoimentos me chamam atenção. Um deles é o de Eliane Potiguara para o livro *Tembetá – conversas com pensadores indígenas*. Ela faz a seguinte afirmação: "A literatura indígena, na verdade, nunca existiu. Ela não existe, é apenas uma estratégia de luta, um instrumento de libertação, de conscientização. Eu sempre considero que a gente precisou partir para a literatura porque não tinha outros espaços. Estava todo mundo ocupando nossos espaços. Eu vi centenas de pessoas escreverem sobre as lendas indígenas, alterando o conteúdo do texto, o final da história. Escritores que não eram indígenas, que pegavam um mito e alteravam para um texto escrito. Muda tudo. Não pode ser mudado. Aquilo é feito por indígena, alguém tem de defender esse território também." Outro depoimento que me impressiona é o de Ailton Krenak. Ele diz: "Para povos que são de origem, sem escrita, de tradição oral, fazer uma travessia para esse mundo da escrita, só isso, já é um épico. E ele deve ocultar trilhas insondáveis de alienação dessas identidades até chegar nesse patamar da escrita, e lidar com esse recurso da escrita com familiaridade. (...) É bom não esquecer que os jesuítas vieram pra cá pra botar escolas e catequizar os índios e ensinar eles a ler e a escrever, enquanto os índios puderam resistir eles não aprenderam nem a ler nem a escrever. Então seria interessante a gente investigar, se quando os índios estão lendo e escrevendo se eles já se renderam ou se eles ainda estão resistindo".

22.
Volto à frase de Ailton Krenak, a literatura indígena enquanto coreografia. Ou seja, um tipo de literatura que incorpora a oralidade, a fala dos ancestrais, o saber da própria cultura; um saber que passa pela dança, pelos sonhos, pela fala sagrada. Por isso mesmo, uma literatura

que não está presa ao livro, à sua tradição, mas que dialoga com o corpo, com os espíritos, com os outros seres que povoam e fazem a terra. Uma literatura menos fincada no "eu". A ideia me atrai, uma janela que se abre para onde antes não havia nada.

23.

Este ano meu pai voltou ao sul do Chile depois de mais de quarenta e cinco anos morando no Brasil – voltou às suas origens. Eu acho curioso. Território Mapuche. Wallmapu. Por telefone, conto que estou escrevendo sobre literatura indígena para o pós-doutorado. Eu falo cheia de entusiasmo da poesia Mapuche, sugiro leituras, autores, poetas. Ele anota. Depois de um tempo comenta que meu tio, aquele que eu visitei na Dinamarca há mais de vinte anos e que também voltou ao sul, fez o teste genético para saber da sua ancestralidade. Faz sentido, eu pensei. Ele que sempre buscara sabe-se lá que revelação, que palavra-chave. E aí, qual foi o resultado?, eu pergunto. Meu pai faz um breve silêncio e então diz: saiu uma grande porcentagem indígena americano. Eu ri, e ao mesmo tempo senti uma tristeza de ver esses homens precisarem chegar à velhice, fazerem um teste genético, para enfim aceitarem o que era o óbvio. Reorganizo em minha mente a história familiar, imagino como deve ter sido difícil para o meu pai viver na sociedade chilena extremamente racista. Compreendo pela primeira vez o motivo de ele não gostar do Chile – lá ele era um índio, enquanto no Brasil ele podia ser um japonês ou qualquer outra coisa não muito identificável. Penso no meu avô, pai do meu pai, o primeiro da família a ter acesso à universidade e que, após pertencer ao partido socialista, faz uma virada de cento e oitenta graus e se torna pastor evangélico; penso no meu avô e em todo o silenciamento quanto à sua origem. Sinto tristeza por ele e por todos nós.

24.

Penso nas coisas que eu não vi, nas coisas invisíveis. Para os Guarani a palavra é a essência do humano, para eles *ne'e* (palavra-habitante) significa palavra, mas também "alma, espírito". As palavras têm alma. Como se o universo tivesse uma língua secreta, a linguagem do sagrado. Uma linguagem que não teme ser múltipla, ambígua, contraditória. E que está extremamente próxima da literatura ou, mais ainda, que faz da literatura, da poesia, sua fonte de saber. Li em algum lugar que a literatura surge da relação mística com o mundo. Penso nas pedras de Paraty, nos indígenas sentados nas pedras de Paraty e no tamanduá que agora enfeita a minha estante. Penso nas perguntas que não me fiz antes e que me faço agora.

UM TETO TODO NOSSO

FOLHETIM DO SÉCULO XIX

Veja bem, minha cara leitora, não é todo dia que nos deparamos com uma situação destas: dona Maria das Graças, jovem de beleza diáfana e loura, apesar da origem empobrecida, fizera um casamento de causar inveja a qualquer moça casadoira. Um bacharel doutor, senhor Joaquim de Medeiros, homem de posses, o que arrefecia qualquer inconveniência das suas feições pouco agraciadas pela natureza, sua falta de vigor ou fraqueza de caráter. Ao contrário, ao caminhar de braço dado com o marido pela Rua do Ouvidor, adornada com belas joias e rendas trazidas da França, dona Maria das Graças era a imagem da perfeição. Dona Maria das Graças de Medeiros era uma mulher feliz. Ou ao menos devia ser. Mas quem a observasse com mais atenção durante o passeio perceberia em seu olhar sonhador certa insatisfação, até mesmo tristeza. Como se tudo o que a vida lhe dera não fosse suficiente: um bom marido, uma casa, boa situação financeira.

VELHAS LOUCAS

Hilda Hilst era famosa por seu humor irreverente, sua ironia. Foi uma autora pouco lida. Um dia resolveu escrever pornografia (nas palavras dela), lançou *O caderno rosa de Lori Lamby*, uma novela de alto teor erótico com estrutura narrativa complexa e intrincada, além de extremamente polêmica. Numa entrevista, ao ser perguntada sobre a repercussão do livro, ela responde: "E aqui, no meu país, eu sou tratada, depois de quarenta anos de trabalho, exatamente como era tratada aos olhos dos 'hipócritas' quando eu tinha vinte anos: uma puta. Sim, porque eu era tão autêntica, tão livre, tão inteligente, tão bela e tão apaixonante! Ahhhh! O ódio que toma conta das gentes quando o talento é muito acima da média! E como se agrava contra nós esse ódio quando se é mulher! E quando se fica uma velha mulher, aí somos simplesmente velhas loucas, putas velhas, poetisas sacanas, asquerosas, enfim!" Hilda Hilst é um dos grandes nomes da nossa literatura, de uma erudição rara e uma capacidade de subverter as estruturas como poucos conseguiram. Mesmo assim parece não ter sido suficiente. Um exercício interessante é imaginar como teria sido a repercussão desse livro se ela o tivesse publicado aos vinte e poucos anos, a Hilda jovem e elegante dos salões paulistanos, sua beleza irreparável. Que efeitos teria tido. Para o bem e para o mal. São necessárias tantas vozes para que uma única voz possa ser ouvida.

AMARRAS LINGUÍSTICAS

Num evento de literatura, lembro que eu queria expressar a seguinte ideia, que Clarice Lispector era na minha opinião uma das melhores escritoras brasileiras, só que, ao fazê-lo, me acontecia o que me acontece aqui. Ao dizer "melhores escritoras", eu imediatamente a restringia às escritoras do sexo feminino, o que não era a minha intenção. Eu queria dizer que ela era uma das melhores, considerando homens e mulheres, mas me deparei com uma impossibilidade linguística ou, no mínimo, uma contradição, já que pela lógica seria impossível considerar homens e mulheres se uso o substantivo no feminino. Ou seja, a própria língua portuguesa (e não só a portuguesa) me impede de dar à Clarice Lispector o lugar que eu imagino lhe ser de direito.

O TESTE DA ESTANTE

Alguns anos atrás, eu andava por aí falando na necessidade de ler mais mulheres, mas em algum momento olhei para a minha própria estante e me dei conta, pela primeira vez, que eu quase só tinha livros escritos por homens. Mas talvez fosse exagero da minha parte. Então resolvi analisar aquilo de forma mais científica, tirei todos os livros deixando apenas aqueles cuja autoria fosse de uma mulher (vista socialmente como mulher). Não sobraram muitos, para ser sincera sobraram poucos. Autoras negras, menos ainda. Tirei fotos, para não esquecer depois. Mas nem era necessário, a experiência ficou marcada na minha memória.

FOLHETIM DO SÉCULO XIX

Pois é, minha cara amiga, me vejo obrigado a ressaltar esse fato, não que eu costume me meter na vida dos demais. Mas neste caso é essencial para a nossa história.

Dona Maria das Graças de Medeiros há muito que andava estranha, um jeito distraído, sonhador, chegando inclusive a derrubar a bandeja com tacinhas de marfim. Mas não em qualquer momento. Perceba, caríssima leitora, que nossa heroína deixa cair as mimosas tacinhas justamente no momento em que a serviçal abre a porta da sala, anunciando a nobre visita. A chegada de Alonso. Um parente distante do seu marido. Ambos conviveram durante a infância, mas depois Alonso ganhara o mundo e fizera fortuna. Agora, garboso e altivo, voltava para o Rio de Janeiro e, ao saber do casamento, viera fazer-lhes uma visita.

UM TETO TODO SEU

Hilda Hilst era loira, linda, jovem e rica. Seria suficiente para assegurar a "felicidade" eterna, segundo os parâmetros da nossa sociedade. Mas além disso ela era também brilhante, de um brilho intelectual incomum. Um dia, largou tudo para se dedicar à literatura. Decisão possibilitada pela herança familiar. Não teve filhos. Se relacionou com quem quis e quando quis. Recusou uma série de papéis femininos que lhe haviam sido reservados. Riu daqueles que lhe foram impostos: o da puta e o da louca. Apropriou-se de outros como quem arranca um bem precioso das mãos do destino.

UM TETO TODO SEU 2

Juana Inés de la Cruz viveu no México do século XVII. Filha bastarda, teve porém desde muito jovem acesso à corte. Tornou-se dama de companhia da vice-rainha. Juana Inés de la Cruz foi uma jovem autodidata – dizem que aprendeu latim sozinha e que estudou de tudo, filosofia, literatura, teologia, por conta própria. Dizem que era linda. Linda e genial. Se fosse um homem seria considerada um desses grandes gênios. Mas era mulher. Apaixonou-se pela vice-rainha com quem trocou longas cartas de amor; escreveu-lhe poemas eróticos que os críticos insistem em afirmar que eram platônicos. Quando não viu outra opção além de casar e seguir a vida que lhe era destinada, se refugiou naquilo que era sua única opção: o monastério. Tornou-se Sor Juana Inés de la Cruz, freira e uma das maiores poetas do México. Não teve medo de enfrentar nomes como Padre Antônio Vieira. Não teve medo de se posicionar artística e intelectualmente. Morreu só em seu claustro.

UM QUARTO DE DESPEJO

Carolina Maria de Jesus conhecia bem a miséria, morava num barraco com os filhos, sobrevivia como catadora de papel. E nas poucas horas livres escrevia; Carolina Maria de Jesus não tinha horas livres. Carolina Maria de Jesus estava sozinha no mundo com seus filhos e as letras que escrevia em cadernos velhos. Como imaginar o que deve ter sido o trajeto que essa mulher fez para, em meio à pobreza, construir esta tábua de salvação: a literatura. Há uma foto em que ela aparece ao lado de Clarice Lispector. Carolina teria dito a Clarice: "Como você escreve elegante", ao que Clarice teria respondido: "Como você escreve verdadeiro".

ESCRITA FEMININA

O conceito de escrita feminina parte de uma premissa essencialista ao enxergar na produção das autoras um estilo próprio feminino, isto é, as mulheres escreveriam como mulheres por possuírem um corpo de mulher e terem uma experiência única ligada a esse corpo. Esta seria uma experiência instintiva, e o resultado seria uma escrita poética, intimista, autorreferente e não linear. Como exemplo, apontava-se que a escrita de Clarice Lispector em romances como *Água viva* e *A paixão segundo G.H.*, herméticos e de linguagem poética, mostraria uma contranarrativa feminina. Essa teoria, curiosamente, deixa de lado o fato de Clarice ter escrito livros com estilos bem diferentes desses, livros de linguagem clara e direta como os contos de *Laços de família* e *Onde estivestes de noite*, ou novelas de estrutura vanguardista como *A hora da estrela*, cujo narrador, aliás, é um homem, e *Um sopro de vida* (uma narrativa metaficcional). Esse tipo de análise acabou criando a ideia de uma escrita feminina, pergunta que perseguiu as escritoras nas entrevistas: existe ou não existe uma escrita feminina? Assim, a teoria da escrita feminina acabou se tornando por muito tempo o grande calcanhar de Aquiles das escritoras, porque, ao se pressupor a existência de uma escrita de mulheres, dava-se a toda a sua produção um caráter de literatura inferior, de menor qualidade. O outro da norma, o segundo sexo.

PORÉM

Um dos livros mais interessantes sobre a recepção da escrita de mulheres é *How to suppress women's writing*, de Joanna Russ. Publicado em 1983, ele nos dá uma boa análise do que foi (e de certa forma ainda é) a *via crucis* de se afirmar como escritora. Entre os aspectos mais interessantes está a lista de poréns mais utilizados para desqualificar a escrita de mulheres. Ela fala de mulheres, mas poderíamos aplicar essa lista a qualquer minoria:

1. Não foi ela quem escreveu.
2. Foi ela, mas não deveria tê-lo feito.
3. Foi ela, mas não é uma artista de verdade, não é sério nem do gênero literário correto. Isto é, não se trata de arte autêntica.
4. Foi ela, mas só escreveu um livro.
5. Foi ela, mas só interessa por um único motivo.
6. Foi ela, mas há muito poucas como ela.

E eu poderia acrescentar uma série de outros poréns (que bem ou mal se encaixam no item 6), do tipo: foi ela, mas ela escreve bem porque escreve "como um homem";

foi ela, mas ela só foi publicada porque é bonita; foi ela, mas ela só fez sucesso porque é uma história incomum; foi ela, mas ela só conseguiu porque é casada (ou teve um caso) com fulaninho... a lista é interminável.

MARLENE

Eu era muito jovem quando Marlene foi trabalhar como empregada doméstica na casa dos meus pais. Ela era da Paraíba, acabara de chegar no Rio e uma amiga lhe contara que a minha mãe estava em busca de alguém. Marlene ficou. Após algumas conversas, Marlene me contou que não sabia ler. E como você faz para chegar nos lugares, eu lhe perguntei. Ela me explicou que uma amiga escrevia o número do ônibus que ela deveria pegar e o endereço num pedaço de papel. Ela ia uma vez (pedindo ajuda a quem aparecesse) e decorava o trajeto. Eu era muito jovem e muito ignorante em muitas coisas, e pela primeira vez fiz o exercício ficcional de imaginar o que significava ser a Marlene. Marlene alugava um quarto; Marlene era muito pobre, uma mulher pobre e sozinha e analfabeta no Rio de Janeiro. A existência de Marlene me atravessou e, mais de duas décadas depois, ainda reverbera em mim. Eu sugeri a ela que chegasse todos os dias uma hora mais cedo e eu a ajudaria com as letras. Ela aceitou. Eu obviamente nem imaginava o esforço que sair de casa uma hora mais cedo significava para ela. Eu comecei a ler os livros de Paulo Freire e a pesquisar sobre os diversos métodos de alfabetização.

Marlene era inteligentíssima e aprendeu a ler rapidamente. Há algo estranhamente mágico na experiência de ensinar alguém a ler. Ao mesmo tempo, a necessidade de ensinar adultos a ler é reflexo do fracasso de toda uma sociedade. Às vezes Marlene aparece em meus sonhos, como se um fio invisível nos ligasse.

FOLHETIM DO SÉCULO XIX

Não é de bom tom adentrar-se na vida alheia sem ser chamado, isso vale tanto para este que vos narra quanto para o personagem narrado. Mas a vida acaba nos obrigando a ir na contracorrente da boa educação. As semanas foram se passando e, diante da convivência assídua e suspeita entre dona Maria das Graças de Medeiros e Alonso, os vizinhos e, especialmente, as vizinhas começaram a tecer comentários maldosos, um toque ali, um sorriso mais prolongado acolá. Todas as tardes ela saía de braço dado com Alonso, o rosto muito bem maquiado e os olhos vivos como nunca tivera. Curiosamente, seu marido, o doutor Medeiros, homem pacato e pacífico, parecia não se importar com aquilo, não ver ou fingir que não via.

IRONIAS

Hilda Hilst, quando indagada sobre a maioria dos seus personagens serem homens e as mulheres ficarem relegadas a uma condição de estorvo, diz com ironia e deboche:

"Porque meus personagens pensam muito. É difícil você imaginar uma mulher assim, com tudo isso na cabeça. São raras as mulheres com fantasias muito enriquecedoras. A fantasia que elas mais gostam parece que é o 69. É o mais imaginoso que elas conseguem. As mulheres querem ter filhos, gostam de penduricalhos, de dançar, de ir a bailecos, eu não sei o que é." E, realmente, em sua prosa, a única personagem feminina que tem profundidade, que busca o saber, que se pergunta sobre a existência de Deus, é a Senhora D, não por acaso, uma espécie de *alter ego* seu: "A senhora D, aliás, foi a única mulher com quem eu tentei conviver – quer dizer, tentei conviver comigo mesma, não é? As mulheres não são assim tão impressionantes, essa coisa de uma busca ininterrupta de Deus, como eu tive. Eu tenho uma certa diferença com as mulheres, porque sinto que elas não são profundas." A figura de Hilda Hilst nos coloca uma série de questões, entre elas, o que faz com que a autora dê um depoimento como este? Que dores se escondem por trás do tom de deboche? Contra que forças ela teve de lutar para conseguir ser ouvida? Imagino o belíssimo *A obscena senhora D* como uma espécie de travessia, quando Hilda, finalmente, ao encontrar um lugar para si mesma, permite (mesmo sem saber) que outras mulheres também o encontrem.

TEMAS UNIVERSAIS

Escrever sobre temas considerados universais seria então um caminho óbvio para que as autoras tentassem construir uma carreira de prestígio. Mas o que são temas universais? Temas que concernem a homens brancos heterossexuais nas grandes cidades? Porque se um escritor escreve sobre personagens masculinos e seus problemas ele está falando dos problemas de toda uma geração, quiçá de toda a humanidade, mas se uma escritora escreve sobre temas relacionados à vida das mulheres ela está falando sobre problemas femininos. Então, considerando esse aspecto, seria urgente repensar essa categoria "universal", que estruturas de poder ela representa, e, assim, começar a contar o que permanece em silêncio.

CANTIGAS MEDIEVAIS

Na minha época de escola a lírica trovadoresca era parte importante do currículo, as famosas canções de amor e canções de amigo (além das de escárnio e maldizer). Nunca me interessei pelo assunto até me deparar com ele novamente aqui na Alemanha. Como um dos cursos que ministro é sobre introdução à literatura lusófona, não tive como escapar das famosas cantigas. E qual não foi a minha surpresa quando me vi fazendo uma leitura feminista. Coisa que nunca me ocorrera antes. Nas cantigas de amor trata-se de uma voz poética masculina que canta o seu amor por uma mulher da corte, bela e inacessível, um amor idealizado que nunca acontece fisicamente. Bem ao modo dos romances de cavalaria. Já nas cantigas de amigo, escritas também por um homem, em geral um homem da corte, mas num eu-poético feminino, trata-se do amor de uma mulher do povo por um homem nobre com quem tivera um encontro carnal (chamemos assim) e, após ser abandonada por esse homem, canta a dor da saudade e do abandono. Me impressiona perceber como essas duas figuras femininas, a santa e a puta, estão enraizadas na cultura e na arte, e como o amor romântico, que tem suas raízes nessa época, vai permear todas as nossas relações até os dias de hoje. A santa, pura e inalcançável, e a puta, que deseja e por isso deve ser punida (com sofrimento e, se o sofrimento não for suficiente, com a morte). No caso da cantiga de D. Dinis (ninguém mais ninguém menos do que o Rei de Portugal), o eu-poético dirige-se à mãe, chorando, à espera do amado que não chega e perguntando-se "por que mentio o desmentido", em outras palavras, por que lhe prometeu mundos e fundos e agora a deixa cair, pergunta que ela mesma responde: "pois mentio per seu grado", ou seja, mentiu para o seu próprio prazer. Ao eu-poético só resta morrer de amor.

D. Dinis (Lisboa, 1261 / Santarém, 1325)
Cantiga de Amigo

Nom chegou, madr', o meu amigo,
e hoj'est o prazo saído,
Ai madre, moiro d'amor!

Nom chegou, madr', o meu amado,
e hoj'est o prazo passado.
Ai madre, moiro d'amor!

E hoj'est o prazo saído,
por que mentio o desmentido.
Ai madre, moiro d'amor!

E hoj'est o prazo passado,
por que mentio o perjurado.
Ai madre, moiro d'amor!

Por que mentio o desmentido,
pesa-mi, pois per si é falido.
Ai madre, moiro d'amor!

Por que mentio o perjurado,
pesa-mi, pois mentio per seu grado.
Ai madre, moiro d'amor!

TODAS AS HISTÓRIAS JÁ FORAM CONTADAS

Trata-se de uma afirmação muito comum no discurso pós-moderno: tudo já foi feito, e, principalmente, todas as histórias já foram contadas. Será? Será que já contamos todas as histórias sobre o parto, a experiência de um parto normal? A experiência de uma cesárea? A dor de dar à luz um bebê morto? Sobre a violência obstétrica, sobre a depressão pós-parto, sobre a amamentação? Sobre não querer amamentar e sobre não poder amamentar? Será que já contamos todas as histórias sobre a experiência da menstruação? E da menopausa? Quantos romances falam sobre a menopausa? Será que já contamos todas as histórias sobre esterilização forçada, sobre não querer ser mãe, sobre querer ser mãe e não poder, sobre ter um filho negro ou indígena ou homossexual ou trans, sobre o medo da violência das pessoas e instituições sobre esse filho? Será que já contamos todas as histórias sobre o que significa ser uma mulher negra? E uma mulher indígena? E sobre mulheres ou homens trans? Será que já contamos todas as histórias sobre o sexo entre duas mulheres? E sobre o amor entre duas mulheres? Será que já contamos todas as histórias sobre aborto? Sobre aborto espontâneo de um filho desejado e sobre aborto malfeito, sobre a menina que engravida e é obrigada a ser mãe, sobre a menina que engravida? Será mesmo que todas as histórias já foram contadas?

O TESTE BECHDEL

No ensaio *Prazer visual e cinema narrativo* publicado em 1975, Laura Mulvey cria o termo *male gaze* (olhar masculino), que se refere ao costume de representar a mulher a partir de uma perspectiva masculina e heterossexual, visto que as produções audiovisuais são predominantemente realizadas por homens. Segundo ela, isso teria como consequência a visão da mulher sobre si mesma a partir dessa perspectiva masculina e sua identificação com as mulheres mostradas nos filmes, comerciais e outras mídias. Mulheres sempre retratadas como jovens, bonitas, sedutoras e, principalmente: seu grande objetivo deve ser conseguir um homem, o amor de um homem, e, claro, mantê-lo. Assim, qualquer acontecimento na vida da mulher que não gire em torno disso simplesmente não existe. A partir dessa percepção surge o Teste Bechdel, criado pela cartunista Alison Bechdel, em 1985, no comic *Dykes to watch out for*. O teste mediria a representação feminina no cinema a partir de três requisitos: 1) o filme deve ter ao menos duas personagens femininas (com nome); 2) as duas mulheres devem conversar entre si; 3) elas devem conversar sobre um assunto que não seja um homem.

CHANTAL AKERMAN

Cineasta ainda pouco conhecida, o que talvez seja algo sintomático. Aos 25 anos Chantal Akerman fez um filme de três horas sobre a vida de uma mulher, uma dona de casa, vida em que praticamente nada acontece. Cada hora é um dia na vida dessa mulher, pura rotina, gestos automáticos, lavar a louça, cozinhar para o filho adolescente que vive com ela, pôr a mesa, tirar a mesa, tricotar no fim da noite, uma vida que se arrasta. Mas, por baixo desses movimentos automáticos do cotidiano, há uma outra história sendo contada (que só se revelará no final do filme), uma história subterrânea, feita das coisas não ditas. Como se as repetições do cotidiano fossem uma forma de impedir que o mal-estar venha à tona. Um mal-estar que aparece na vida de tantas personagens mulheres: na protagonista do conto "Amor", de Clarice Lispector, que, ao se deparar com um cego mascando chicletes, se vê arrancada do conforto burguês que a protegia de si mesma. Ou então em *Mrs. Dalloway*, de Virginia Woolf, romance no qual a protagonista prepara a sua festa de aniversário, sempre lutando contra um mal-estar que insiste em se instalar nas entrelinhas. Mas que mal-estar seria esse? Algo que as espreita por baixo das amarras da sociedade, da civilização, um desejo que insiste e insiste e insiste. Mas voltando a Chantal Akerman, o filme é de 1975 e foi feito somente com mulheres, toda a equipe de mulheres. Akerman, numa entrevista, fala da dificuldade que foi encontrar profissionais dessa área, porque o cinema era (e de certa forma ainda é) um lugar de homens. Nessa mesma entrevista ela diz: "Eu fiz esse filme para dar a todas aquelas típicas ações (femininas), que são normalmente desvalorizadas, uma existência cinematográfica."

O OUTRO

Mas como pode a mulher contar a sua própria história se o discurso majoritário é dado, definido, pelo homem? Se a imagem feminina que ela tem de si mesma foi construída em filmes, livros e arte em sua maioria feita por homens, a partir de um olhar masculino? Como, nessa divisão, encontrar nas frestas do discurso suas possibilidades silenciadas, seu próprio desejo (tantas vezes desconhecido), buscar a sua própria linguagem? Numa entrevista, Elfriede Jelinek, uma das poucas autoras a receber o prêmio Nobel, conhecida por abordar temas relativos à maternidade e ao desejo, afirma: "se é que ela existe (a voz da mulher), para concretizar-se ela tem que se tornar uma voz masculina, (...) pois eu não imagino como seria possível, numa cultura dominada pelo masculino, definir o que seria o feminino, e muito menos ainda uma estética feminina." Já Elena Ferrante, trinta anos depois de Jelinek, diz o seguinte: "a literatura das mulheres só pode surgir, com esforço, de dentro da tradição masculina (...). Isso significa que somos prisioneiras, que estamos destinadas a sermos de fato ocultadas para sempre pela própria língua com que tentamos falar de nós? Não. Mas é necessário perceber que se exprimir nesse quadro é um processo de tentativa e erro. Precisamos partir constantemente da hipótese de que, apesar de tantos progressos, ainda não somos realmente visíveis, ainda não somos realmente audíveis, ainda não somos realmente compreensíveis (...). Trata-se de encontrar o misteriosíssimo caminho (ou caminhos) que, a partir de uma rachadura, de um desvio nas formas já manifestadas, leve a uma escrita imprevisível até mesmo para nós que trabalhamos com isso." Enfim, trata-se da busca pela própria voz e pela própria estética na produção artística de mulheres. Provavelmente, após o mergulho, do outro lado ainda estará o Outro. O que não significa que não se deva seguir em frente, em busca de uma narrativa que ainda não sabemos qual e que vamos construindo à medida que narramos.

FOLHETIM DO SÉCULO XIX

Os meses se passavam, cara amiga leitora, e os sussurros corriam feito rio pelas ruas do bairro. Eram tantos que, diante de sua honra já irrecuperavelmente manchada, o doutor Medeiros se viu obrigado a tomar uma atitude. Primeiro pensou em matar Alonso, mas seu caráter não era dado a tais arroubos. Achou melhor então mandar dona Maria das Graças para uma temporada na Suíça. Só o suficiente para que as maledicências se acalmassem. Felizmente nada disso foi necessário. Diante de tantos incômodos, o próprio Alonso achou por bem ele mesmo passar uma temporada no exterior, o que deixou dona Maria das Graças desolada. Dona Maria das Graças tentou o suicídio, mas foi salva pela serviçal que a encontrou desfalecida no chão do banheiro. Dona Maria das Graças comeu o pão que o diabo amassou e, como não fosse castigo suficiente, morreu três anos depois de tuberculose. O marido, doutor Medeiros, homem bom e íntegro, a perdoou. Quanto à empregada, nada sabemos, apenas que continuou trabalhando em silêncio.

GUERRILLA GIRLS

As Guerrilla Girls são um coletivo de artistas mulheres (sempre mantendo o anonimato) surgido nos anos 1980 que se dedica a, usando dados estatísticos, denunciar o pouco espaço que as mulheres artistas têm nos museus e galerias de arte. Um de seus cartazes mais famosos (de 1989) mostra o quadro *A grande odalisca* (1814), de Jean-Auguste Dominique Ingres, no qual a cabeça da modelo nua é substituída por uma cabeça de gorila, com os dizeres: *As mulheres precisam estar nuas para entrar no Met. Museum? Menos de 5% dos artistas nas seções de Arte Moderna são mulheres, mas 85% dos nus são femininos.* Para a retrospectiva do coletivo, no MASP, em 2018, elas criaram uma versão desse cartaz referindo-se ao acervo do museu: *As mulheres precisam estar nuas para entrar no Museu de Arte de São Paulo? Apenas 6% dos artistas do acervo em exposição são mulheres, mas 60% dos nus são femininos.* Depois essas críticas se estenderam também ao cinema e outras artes. O trabalho das Guerrilla Girls tem dois aspectos importantes: o primeiro é ter mostrado através de fatos muito concretos as estatísticas, a realidade da sub-representação da arte feita por mulheres nos museus, e, em segundo lugar, a opção pelo anonimato e pela coletividade, tática que talvez aponte um dos principais caminhos de resistência, tanto nas artes quanto na sociedade.

HILMA AF KLINT

Hilma af Klint (1862-1944) foi uma pintora sueca, desconhecida até pouco tempo e que, quase 80 anos após a sua morte, se tornou uma artista importante no cânone, obrigando a academia a reescrever a História da Arte. Chamam atenção as suas pinturas abstratas muito antes que nomes como Klee e Kandinsky "inventassem" a pintura abstrata. Por muitos anos ela viajou pela Europa na tentativa de expor os seus quadros, mas sem êxito – apesar de elogios e sucessos pontuais, nunca teve um real reconhecimento do mercado da arte. Interessante observar que af Klint era muito ligada ao misticismo, especialmente à teosofia, chegando a afirmar que parte do seu trabalho havia sido "ditada" por espíritos superiores. E se o lado místico ou esotérico, muito comum nos artistas do início do século XX, incluindo Klee e Kandinsky, era visto como algo que aprofundava a subjetividade do homem, quando vindo de uma mulher, a transformava imediatamente numa bruxa louca, e sua obra, em desenhos até interessantes, mas sem valor artístico. Aliás, nem na própria antroposofia ela encontrou acolhida para o seu trabalho, já que Rudolf Steiner não aceitou incluí-la em seus projetos para o Goetheanum, que seria a casa sede da sociedade antroposófica. No final, af Klint decidiu guardar tudo e deixou uma carta pedindo que a família só trouxesse o seu trabalho a público vinte anos após a sua morte, quando talvez fosse possível falar. Hilma af Klint imaginava que no futuro sua obra teria melhores chances de ser compreendida. Ela tinha razão.

OUTRAS VOZES

Ao mesmo tempo que se discute a (im)possibilidade de uma expressão própria para as mulheres ou para qualquer minoria, é possível provar o contrário (sempre é) e citar uma série de autoras que fazem essa travessia apontando outros caminhos. Essa fala outra. Tanto no sentido temático quanto estético, se quisermos falar de uma estética vigente. Uma das mais impressionantes é Conceição Evaristo, que, aliás, levou vinte anos para conseguir publicar o seu primeiro livro, *Becos da memória*. Há em sua literatura uma ponte que se estende em direção ao não dito (da mulher, da mulher negra) e que lhe dá corpo. Um corpo que insiste em existir.

Eu-mulher (Conceição Evaristo)

Uma gota de leite
me escorre entre os seios.
Uma mancha de sangue
me enfeita entre as pernas.
Meia palavra mordida
me foge da boca.
Vagos desejos insinuam esperanças.
Eu-mulher em rios vermelhos
inauguro a vida.
Em baixa voz
violento os tímpanos do mundo.
Antevejo.
Antecipo.
Antes-vivo
Antes – agora – o que há de vir.
Eu fêmea-matriz.
Eu força-motriz.
Eu-mulher
abrigo da semente
moto-contínuo
do mundo.

CÉU E INFERNO

A frase mais famosa de Simone de Beauvoir, "Não se nasce mulher, torna-se mulher", ainda reverbera em nosso discurso. Ela já teve e continua tendo muitas leituras. A mais vigente é a de que a mulher não é um instinto, mas uma construção social. Ser mulher pode significar coisas diferentes dependendo da cultura, da sociedade e da própria mulher.

De forma muito resumida, podemos dizer que existem duas abordagens principais e não excludentes quando falamos em "mulher": 1) "mulher" enquanto gênero, que é uma construção social e cultural, isto é, não há uma essência do feminino, e nascer com um corpo de mulher não significa uma experiência única desse corpo ou do desejo desse corpo. Ser mulher é algo construído por cada sujeito que se identifica com expectativas sociais do feminino ou não (independentemente de cromossomos ou sexualidade); 2) a "mulher" num sentido político, de como a sociedade reage a esse corpo feminino, do seu lugar de poder (ou de desamparo) dentro da estrutura social, no nosso caso, profundamente patriarcal-capitalista. Nesse sentido, a mulher é algo muito real, basta ver as estatísticas de feminicídio e outras formas de violência.

Para a literatura, essas duas abordagens têm diferentes urgências (que se entrelaçam): por um lado é preciso um teto todo seu, e assim dar voz, corpo, contar as histórias que não foram contadas, permitindo a construção de uma identidade que integra em vez de excluir. Por outro, a literatura é também o âmbito da ambiguidade.

É na literatura que se pode desconstruir o pensamento binário que permeia toda a nossa cultura, o pensamento do isto ou aquilo, se é homem ou mulher, hétero ou homossexual, bom ou mau, sujeito ou objeto, bandido ou mocinho, deus ou o diabo, o céu ou o inferno, a salvação ou o apocalipse. Contra um pensamento que apaga todas as demais possibilidades do espectro e, não só isso, que fossiliza o sujeito num tempo único e devastador.

LITERATURA E SILÊNCIO

Sempre achei que os aspectos mais interessantes da literatura surgem do silêncio. Sua maior força. Aquilo que ainda não encontrou palavras e por isso existe apenas no inconsciente, no corpo enquanto sintoma, no subterrâneo da cultura, nos sonhos e pesadelos da sociedade. Escrever é dar nome ao silêncio. Mesmo quando ninguém quer ouvir. E ficam ressoando as palavras de Audre Lorde: "Quais são as palavras que você ainda não tem? O que você precisa dizer? Quais são as tiranias que você engole dia após dia e tenta tomar para si, até adoecer e morrer por causa delas, ainda em silêncio? (...)." Lorde aponta para o silêncio específico da mulher negra que pouco tem em comum com o silêncio de Madame Bovary, claro, mas de certa forma é uma pergunta que devemos nos fazer enquanto sociedade. Para onde aponta aquilo que estamos silenciando? O que silenciamos em nós, mas também o que silenciamos no outro. E como esse silêncio aparece, ou não, na literatura.

MACHI E POETA

Adriana Pinda é uma machi, xamã Mapuche e também uma grande poeta. Ela mistura em sua poesia essas duas vivências, essas tantas vivências, junto ao mapudungun, que não foi seu idioma materno, mas hoje é parte cada vez mais essencial da sua escrita, como o retorno a uma ancestralidade perdida. Adriana Pinda se move entre a tradição oral Mapuche e a escrita, entre a espiritualidade e a literatura, e ordena as forças da natureza às da poesia, apontando para outras possibilidades criativas, a palavra que cura, que salva.

Te llaman en lenguas raulíes y alerzarias

Se está cayendo *Treng-Treng*
¿Por qué no escuchan a los niños?
Planten canelos para el tiempo de los brotes.
Abuela abuelo,
se cae el *wuinkul* frente
a la casa de mi madre.
Ellos se van a buscar el poder a la montaña,
los pantanos permiten sólo a algunos.
Los pastos son demasiados finos para ti.
La mujer lleva la música,
aquella cuyo espíritu
fue tomada por el pájaro.
Abuela, abuelo,
me voy a Quinquén a ver la nieve,
a empollar su sueño roto,

antes que enmudezca
me voy sola.
Apochi küyen mew
Amutuan
Kuze fücha
Ülcha weche
la nieve es verde.

—

Treng-Treng: a serpente da terra que lutou contra Kai-Kai, a serpente do mar, em defesa dos primeiros Mapuche, numa alusão a um dilúvio. O relato mítico da guerra entre Treng-Treng e Kai-Kai explica a origem do povo Mapuche.
Wuinkul: montanha.
Apochi küyen mew / Amutuan: Com lua cheia / eu vou.
Kuze Fücha / Ülcha Weche: mulher anciã / homem jovem.

MARLENE

Um dia chegou uma carta para mim na casa dos meus pais. Minha mãe me ligou para avisar. Eu fui até lá. Marlene havia me escrito. Fazia muitos anos que eu nada sabia dela. Talvez dez, quinze anos. Sim, haviam se passado quase dez anos. Na carta, sim, era a letra de Marlene, caligrafia que eu vira surgir. Ela dizia que desistira do Rio de Janeiro e estava voltando para a Paraíba, e que tinha uma filha. Não havia endereço ou telefone de contato. Eu tentava ler as entrelinhas das palavras de Marlene. Marlene era uma mulher alfabetizada, sem dúvida. Ser uma mulher alfabetizada não livrava Marlene da pobreza e do desamparo. O caminho deveria ser outro, coletivo, estrutural. Guardei a carta com carinho e tristeza, guardo até hoje.

ESTRANHOS NARRADORES

FICUS LYRATA

Tudo começou quando eu comprei o *ficus lyrata*, uma planta que na realidade é uma árvore, ou pode se transformar numa árvore de até quinze metros se não podada a tempo. Claro que até que ela chegue a esse tamanho são necessários mais de vinte anos, mas nunca se sabe, basta uma distração e pronto, temos um baobá dentro de casa. O tempo passa tão rápido. Confesso que comprei o *ficus lyrata* sem ter a menor ideia de onde estava me metendo, uma mistura de inocência e ignorância. Explico que o *ficus lyrata* é uma planta linda, grande, folhas imensas em forma de violino, desses seres que prendem nosso olhar. E esse foi o problema. Eu passava grande parte do dia observando o *ficus lyrata* enquanto trabalhava, tão lindo, poético até, porém um pouco solitário, e logo me veio a ideia: e se eu comprasse mais algumas plantas, só algumas, só para compor, para fazer-lhe companhia? É importante esclarecer que até então eu era uma pessoa comum no que diz respeito a plantas, algumas na varanda, outras na cozinha, uma ou outra orquídea, mas nada além disso. Nunca se sabe quando algo acontece, as transformações, como elas se dão, e fica apenas a surpresa no dia em que chegamos em casa e nos deparamos com uma verdadeira selva. De onde surgiu isso? Pois foi assim, pouco a pouco, uma samambaia para o quarto, uns cactos para a cozinha, mais outra palmeira para aquele cantinho ao lado da estante, e as pequenas suculentas sobre a mesa de trabalho. E assim por diante, até que um dia há claramente mais plantas do que qualquer outra coisa na casa.

FICÇÃO (PARTE 1)

Ele não saberia dizer há quanto tempo estava ali. Não que costumasse contar isso que chamam de tempo – esse era um conceito que não lhe importava. Mas agora, naquele lugar inimaginável, o tempo corria sem compaixão. Quanto lhe restava, horas, dias? Era impossível prever. Observava o movimento do laboratório, porque, sim, ele sabia muito bem o que era aquilo e o que aquela gente queria. Mas ele não lhes daria, não lhes daria nada, apenas o seu mais profundo desprezo. Ofereciam-lhe aquela comida ridícula e esperavam dele gratidão, como se ele fosse algum idiota, como se não conhecesse os seus direitos. Como se não fosse capaz de reconhecer aquela exploração. À noite, quando todos iam para casa, ele saía daquele tanque, como chamar aquilo? Aquela ridícula banheira. Ele saía e dava uma volta, no início para reconhecer o terreno. Encontrou outros habitantes, assim como ele confinados, foi até a geladeira onde guardavam os peixes, peixes mortos, caramba, quem comia peixes mortos? Na volta, viu que o ralo no canto da sala dava para um longo encanamento, a água tinha de chegar em algum lugar, talvez no mar, aonde mais? Fez os cálculos, sim, era possível, por que não? Mas ainda não era seguro, precisava de mais informações sobre aquela construção, precisava compreender melhor como aquelas criaturas funcionavam.

PARENTES

Donna Haraway tem sido uma das minhas leituras mais frequentes. Talvez por ela apontar soluções em vez de apenas se juntar aos que anunciam o Apocalipse. Não se trata, é claro, de soluções totais ou definitivas, mas de maneiras de "permanecer com o problema", ou "viver e morrer com responsabilidade numa terra danificada". Mas o que seria isso? De forma muito resumida seria: bom, as coisas estão ruins mesmo, não há como voltar atrás – até porque teríamos de voltar muito atrás, aos caçadores e coletores. Além do mais, não há como parar completamente a máquina do progresso desenfreado que a civilização construiu. Nos resta então lidar com o que temos, tentando diminuir as adversidades e buscando outras formas de habitar o planeta, formas de estar com o outro e não contra o outro. E, assim, contar outras histórias. Mas um dos conceitos de Haraway que mais me chama atenção é o de parentesco. Ela diz: gerem parentes, não bebês! Com isso ela não está dizendo para as pessoas deixarem de ter filhos, mas para que elas criem outro tipo de relações, não apenas a família nuclear burguesa e alguns agregados, aos "amigos tudo, aos inimigos a lei", mas uma extensão dessa família, que cria parentescos muito além da genética e até mesmo da espécie – ou seja, estabelecer relações de troca, apoio e respeito com pessoas que não somos nós, não são parecidas conosco, e talvez nem sejamos capazes de compreender, como as plantas, os animais e as águas.

PERMACULTURA

O *ficus lyrata* me levou a um excesso de plantas que por sua vez me levou à permacultura, que por sua vez me levou aos aborígenes da Austrália. Mas me detenho aqui na permacultura, que em termos muito básicos é uma técnica de plantio que leva em conta todo o sistema planta-terra-vento-luz-animais e pensa o plantio como parte desse sistema, dando preferência às relações entre os vários seres. Compro alguns livros sobre o tema com o objetivo pouco realista de criar um plantio de permacultura na varanda de casa, mas o que mais me chama atenção são as possíveis relações entre permacultura e literatura. Termino minha pesquisa inicial convencida de que é perfeitamente possível escrever um manual de escrita criativa baseado nos princípios da permacultura, algo como permaescrita – me parece um bom termo, faço algumas anotações.

PERMAESCRITA

A permaescrita é um conceito criado por mim e que aponta para novas formas de escrever literatura. Deixo claro que me movo entre a ironia e a mais absoluta seriedade. Entre as várias leituras, a mais apropriada para esse objetivo é o livro *Revolutionäre Permakultur*, de Nora Peters (sem tradução, infelizmente). Ali ela nos apresenta os doze princípios básicos da permacultura, que com alguma imaginação podemos adaptar à literatura. São os seguintes: 1. Observe e interaja; 2. Junte e armazene energia; 3. Tenha como objetivo a colheita; 4. Use a autorregulação e aceite feedback; 5. Use e valorize energias renováveis e serviços; 6. Produza pouco lixo; 7. Crie primeiro um modelo e depois os detalhes; 8. Integre em vez de separar; 9. Encontre pequenas e lentas soluções; 10. Use e valorize a diversidade; 11. Use as fronteiras e valorize as margens; 12. Aproveite as mudanças e encare-as com criatividade.

PLANTAS

A convivência com plantas é um constante exercício de observação (se quisermos mantê-las vivas). Não só em relação às questões básicas, do tipo precisa ou não de mais ou menos água, mas também no que diz respeito aos detalhes: como reagiu à mudança de temperatura, talvez precise de companhia (sim, as plantas são seres sociáveis) ou de um lugar mais iluminado, e o vento, não será muito vento? Muito frio? Muito sol? Conviver com plantas é uma constante observação amorosa, não muito diferente da que temos com as pessoas que amamos. Todos os dias observo a minha filha, vejo se ela se alimentou direito, se parece feliz, se dormiu, se brincou, se reclamou de algo; tento ler as entrelinhas das suas palavras, do seu rosto, tento ler da melhor forma possível as suas necessidades. Trata-se de um exercício muitas vezes destinado ao fracasso – lemos errado, lemos de mais ou de menos, lemos o que queremos ler –, mas, não importa, é nesse movimento em direção ao outro que exercitamos a capacidade de amor, essa convivência. E me vem à mente a frase de Humberto Maturana que diz que amar é deixar aparecer, ou seja, permitir que o outro seja quem é e, assim, floresça.

FICÇÃO (PARTE 2)

Outro dia lhe deram pequenos camarões congelados, como se não soubesse diferenciar, quem eles pensam que são? Camarões congelados, como se fosse se vender por essa comida de plástico que eles comem. Pegou, suspendeu o esquálido camarão por alguns segundos e jogou fora, demonstrativamente, pra ver se eles entendiam. Eles têm sérios problemas de cognição e muita dificuldade em entender ironia, pensou. Tem pensado muito sobre isso, sobre o laboratório, como ele está estruturado, que tipo de inteligência o construiu. Ele os observa dia e noite. Gostam de luzes que piscam dia e noite, barulhos insuportáveis. Se continuar atento logo será capaz de compreender. Ontem um deles se aproximou, no meio da noite, talvez desconfiasse de algo. Falou alguma bobagem e ficou olhando, aquela estranha configuração de olhos e boca. Ficou ali parado e logo foi embora, eles são tão previsíveis. Tem feito cálculos. Em alguns dias terá as respostas.

O SABER DAS PLANTAS

O biólogo italiano Stefano Mancuso, em seu livro *Revolução das plantas*, apresenta uma série de ideias que nos ajudam a repensar o funcionamento do ser humano e da própria sociedade. Um dos principais aspectos é a estrutura não hierárquica das plantas. Ao contrário da maioria dos animais que têm um cérebro que em grande parte comanda os demais órgãos, as plantas têm seu saber espalhado pelo "corpo". Me chamam atenção as palavras de Mancuso logo na introdução: "Tudo o que o homem projeta tende a ser de maneira mais ou menos óbvia, esta arquitetura: um cérebro central que governa e órgãos que executam seus comandos. Até as sociedades são organizadas de acordo com essa configuração arcaica, hierárquica e centralizada. Um modelo cuja única vantagem é fornecer respostas rápidas – por isso nem sempre corretas –, mas muito frágil e nada inovador." Mancuso desenvolve a ideia e nos fala sobre o quanto uma organização centralizada seria mais frágil. Nos dá o exemplo de Hernán Cortés, que derrotou os Astecas em poucos anos, assim como Pizarro os Incas, enquanto sociedades não centralizadas resistiram muito mais tempo aos espanhóis. Parece ser mesmo um fator decisivo, apesar de que certamente não é o único. E penso nos Mapuche, grupo indígena que resistiu por mais tempo à colonização espanhola de seu território, uma guerra que só teve fim (ao menos em termos oficiais) no século XIX. E sim, os Mapuche, assim como a maior parte dos povos nativos do continente, tinham uma estrutura não hierárquica, em outras palavras, eram uma sociedade sem Estado.

FUNGOS

Os fungos são um universo à parte e aparecem nas mais variadas circunstâncias. Eles são capazes de encontrar o caminho mais rápido e eficiente até a comida. Dentro da terra formam uma espécie de internet subterrânea que possibilita a comunicação entre as árvores, isso sem falar nas suas propriedades psicodélicas – esse desdobramento da realidade. Não é de se espantar que os fungos causem tanto interesse. Um outro reino, uma forma de inteligência completamente diferente da que estamos acostumados a ver nos reinos animal e vegetal, capaz de resolver os mais complicados problemas. Os fungos, organismos sem hierarquia, que se autorreproduzem, que estavam aqui muito antes de nós e por aqui estarão depois que formos embora. Gosto do exercício impossível de imaginar como seria a voz de um personagem-fungo, sua forma de pensar, uma voz sem eu, uma voz-nós, pronta para desaparecer sem nunca sumir de todo.

FAIL BETTER

Uma das sabedorias inspiracionais para quem está tentando escrever um romance ou realizar qualquer outra tarefa hercúlea é: "Ever tried. Ever failed. No matter. Try again. Fail again. Fail better" (Sempre tentei. Sempre fracassei. Não importa. Tente de novo. Fracasse de novo. Fracasse melhor), de Samuel Beckett. Apesar de seu caráter de autoajuda, gosto muito dela e me parece a melhor forma de lidar com as impossibilidades da literatura e da própria vida. Damos tanta importância ao sucesso e desprezamos o fracasso, quando na verdade há algo de extremamente criativo e frutífero em falhar. O personagem fungo, por exemplo: é possível falar da real perspectiva do fungo? Obviamente não. Presos pela linguagem, pela cultura, pelo corpo e pelo próprio idioma, só conseguiremos repetir a nós mesmos. Em outras palavras, nosso personagem fungo está irremediavelmente destinado ao fracasso da nossa própria estrutura psíquica. Mas nem por isso devemos desistir, pois é a tentativa, a aproximação o que realmente importa, e não um resultado impossível. Acredito muito nas tarefas impossíveis, gosto delas – esse ato de fé, como quem espera uma carta ou uma visita que nunca vai chegar.

INTEGRE EM VEZ DE SEPARAR

Alguns aspectos da permacultura aplicados à escrita (a permaescrita) são óbvios, outros misteriosos. Desenvolvo, para começar, aquele que mais me chama atenção: integre em vez de separar. O que seria isso? As possibilidades de interpretação são múltiplas, o que é um ótimo sinal, mas fico com a seguinte ideia: se a permacultura nos fala da importância de cultivar diversas espécies de plantas, inclusive numa mesma área, ao contrário da monocultura, que costuma ser o típico na agricultura, no texto literário poderíamos pensar em gêneros. Ou seja, por que separar a literatura em gêneros? Isto é um romance, isto é poesia, isto é ficção, aquele ficção científica, biografia e assim por diante. Um permatexto seria assim um texto em que os diversos gêneros convivem e se retroalimentam, formando, como as plantas, um sistema autossustentável. Mas num mesmo livro? Claro, num mesmo livro.

FICÇÃO (PARTE 3)

Ele sabe muito bem o que significa a pergunta do cientista. Não lhe dará nenhuma resposta. É algo tão óbvio. Espanta que ele não seja capaz de compreender. Sua espécie se mantém há milhões de anos sem grandes modificações, uma das mais antigas. Isso só foi possível porque evitaram as armadilhas da evolução, para usar essa palavra tão cara à ciência, apesar de sabermos bem o quanto ela é falha. Mas chamemos de evolução. É necessário saber calcular, apenas isso, e depois seguir adiante. A solidão, a morte. A solidão e a morte são a nossa arma mais eficiente. Com elas seguimos em frente, sem nunca transmitir a ninguém o legado individual, cada geração surgindo solitária, como se fosse a primeira em milhões de anos, milhões de anos-luz.

USE AS FRONTEIRAS E VALORIZE AS MARGENS

Este é outro conceito muito interessante da permacultura. Penso no que seriam fronteiras e margens num texto literário, que poderiam tanto dizer respeito ao tema, à história narrada, quanto ao formato, o modo de narrar. No quesito tema, fronteiras e margens seriam aqueles que foram pouco abordados porque dizem respeito às experiências de sujeitos que pouco ou nenhum acesso tiveram ao sistema literário. Populações literalmente à margem, nas periferias das cidades e do próprio capitalismo. As tantas histórias não contadas. Quanto ao formato: me pergunto, afinal, por que precisamos seguir um formato estabelecido? Talvez apenas a liberdade do formato ou formatos híbridos, mistura de ficção científica e biografia, ou algo entre um conto e uma receita de bolo. Ou talvez, por que não, um texto que se mova numa poesia da linguagem não poética, nas brumas de um narrador não humano.

TODO MUNDO É UM ARTISTA

Trata-se da icônica frase de Joseph Beuys, que vê a possibilidade de arte em qualquer um, e a arte como parte da realidade social. Não mais a arte guardada nos museus, e sim como um sistema de trocas estéticas e políticas na sociedade. É o caso de sua obra *700 Eiche – Stadtverwaldung statt Stadtverwaltung* (700 Carvalhos – reflorestamento da cidade em vez de administração da cidade), que se insere na ideia de Land Art: uma arte integrada à paisagem, à natureza, e que se transforma com ela e como ela. Durante a Documenta de Kassel, em 1982, Beuys iniciou o projeto que demorou dois anos para ficar pronto e que tinha como objetivo, com a ajuda de voluntários, plantar 700 árvores na cidade de Kassel, cada uma acompanhada de uma pedra de basalto, interferindo assim na paisagem da cidade e criando uma obra-ação que se estende pelo tempo.

ARTE

Para muitos povos indígenas (os Yanomami na Amazônia, os aborígenes na Austrália) não existe a ideia do artista, porque para que exista o artista é necessário que exista o indivíduo como nós o imaginamos, esse eu separado do resto, separado dos outros seres e separado do seu passado ancestral. Para esses povos o "eu" não existe. E, como ele não existe, nada do que ele faça pertence a si mesmo. Assim, a sua obra é sua obra, mas é também a obra de todos os que vieram antes dele, porque a obra é fruto de todo um conhecimento anterior acumulado e transmitido, e também de sua língua e cultura. Ele não é um escolhido pela musa, não é o seu talento individual e nem a sua conexão única com o divino. Para muitos povos indígenas, todos estão conectados com o mistério da mesma forma que todos sonham. Para eles todo mundo é um artista.

FICÇÃO (PARTE 4)

Hoje ele não vem. Viu logo em seus olhos. O resto é muito fácil. Já fez os cálculos, o encanamento, as várias voltas – cinco, para ser exato. Talvez chegue a sentir falta daquele lugar, dele, da sua inocência, das suas pequenas maldades vaidosas, suas extremidades que se bifurcam em cinco pequenos tentáculos que ele usa para segurar objetos. Tentáculos pequenos e lisos, cuja ineficiência ele procura compensar com o que eles chamam de polegar opositor. Sua cabeça pequena sobre um tronco pouco flexível, aqueles estranhos enfeites. Ele gosta de emitir ruídos aos quais dá significados. Ele acredita nesses significados. Acredita inclusive que há um outro como ele, só que maior, mais poderoso, mais forte, que o observa por onde vá e o julga, aplicando-lhe recompensas ou castigos. Estranha criatura.

TENHA COMO OBJETIVO A COLHEITA

Ao contrário do que possa parecer, este preceito não diz respeito unicamente ao que colhemos concretamente ao final do plantio. Para a permacultura a colheita é um conceito expandido. Tudo é colheita: os erros, as falhas, as interações. Não apenas tomates e cebolas. Aplicando o conceito na permaescrita, podemos aceitar como parte da obra não somente tudo aquilo que nela é visto como sucesso: elogios, vendas, eventos, mas também aquilo que normalmente é interpretado como fracasso: críticas, esquecimentos, injustiças e até, podemos pensar, trechos descartados da própria obra, o que não se imprimiu, o que ficou fora do livro. Ou um livro inteiro nunca publicado. Tudo ali como parte de um sistema de escrita e vivência, porque se trata de aspectos interligados, vida e obra. E, para dar um exemplo mais concreto, às vezes um livro que não deu certo, que o autor jogou fora antes mesmo de mandar para uma editora ou um livro recusado por todas as editoras pode ser a grande colheita, porque será esse livro, com toda sua experiência, a peça que faltava para que o autor possa escrever o próximo, uma obra com a qual ele jamais sonhou. A permaescrita talvez nos diga que cada livro não é um objeto em si, mas que ele também está inserido num sistema, que inclui muito mais do que um único livro, muito mais do que um único autor.

ARTEFATO

Em algum momento da história começamos a distinguir entre arte e artefato. Uma xícara e uma obra de arte num museu. Uma xícara e a escultura de uma xícara ou uma xícara e a pintura de uma xícara. Como aconteceu? Qual a diferença entre elas? Uma é bonita e a outra não é? Uma serve para beber chá e a outra não? Uma eu posso ter em casa e a outra deve ficar no museu? Podem parecer questões óbvias, mas não são. Nem mesmo eternas. Uma xícara não nasceu uma xícara, ela se tornou uma xícara, poderíamos dizer. Mas a questão principal não é essa, e sim o que faz com que uma xícara custe x e a outra custe um milhão de vezes x? Alguns poderiam dizer a beleza – a beleza da xícara de um milhão de x é imensamente maior. Outros poderiam argumentar que não se trata da xícara em si, mas do conceito da xícara, e sempre haverá outros que questionarão: mas quem disse que a xícara é apenas uma xícara? E já que o assunto é xícara, me vem à lembrança a obra de Meret Oppenheim, artista que fabricou uma xícara coberta de pele (com direito a pires e colher), que acabou se tornando uma das principais obras do Surrealismo e hoje descansa num museu.

ARTE

Um dia minha filha volta da escola arrasada. O que aconteceu?, eu pergunto. Ela me explica que os amigos riram do seu desenho. Riram? Eu pergunto indignada. Cadê o desenho? Ela abre a pequena mochila e tira de lá um papel todo amarfanhado. Eu desamasso, olho com atenção tentando decifrar os rabiscos: mas o seu... o seu desenho é tão bonito! Não me atrevo a nomeá-lo, prefiro ficar em comentários gerais. Ela logo percebe, explica: é um pássaro. Ah, claro, muito lindo esse pássaro. Ela não parece nem um pouco convencida. Meus amigos dizem que não parece um pássaro, que parece só um rabisco. Eu não sei muito bem o que fazer, mas num lampejo de inspiração decido abrir o computador e mostrar-lhe alguns desenhos de Miró. Veja só, meu amor, este aqui é Miró, considerado um dos maiores pintores do século XX; veja só o que ele desenhava, igual a você! Ela olha incrédula para o quadro de Miró, que realmente tem bastante semelhança com o desenho que ela fizera. É verdade que ele é um grande pintor? Claro, pergunte para a sua professora se não acredita. Ela pede para ver mais pinturas de Miró.

A MEMÓRIA DAS PLANTAS

Mancuso nos fala de um experimento feito ainda no século XIX com a *Mimosa pudica*, também conhecida como dormideira, planta que fecha as folhas ao toque ou vibração. O experimento consistia em levar as plantas para andar de carruagem por Paris. No início do passeio elas reagiam ao movimento e fechavam as folhas, mas logo se acostumavam e não as fechavam mais. Estudos posteriores descobriram que essa memória da planta durava até quarenta dias. Mancuso se pergunta que tipo de memória é essa: "Como um mecanismo como esse funciona em seres sem cérebro, como plantas, ainda é um mistério." Eu imagino que deve ser algo parecido com o que chamamos de memória do corpo, como andar de bicicleta: não pensamos nisso conscientemente, mas o corpo sabe. Temos pouco contato com esse "saber do corpo", e me pergunto: como seria uma escrita do corpo, guiada por ele, por seus movimentos e sua memória?

JUNTE E ARMAZENE ENERGIA

Neste caso, a permacultura se refere a terra, vento, água, aquilo que alimenta a planta. Sem energia suficiente, nada funciona. Ou cresce uma planta raquítica. Na literatura acontece o mesmo. Para a escrita é necessário armazenar energia, o que, no caso, seriam os acontecimentos, as observações, as leituras, os silêncios. Especialmente os silêncios, momentos em que aparentemente não estamos fazendo nada. Dar o tempo necessário para que as ideias surjam. Quantas vezes, na ansiedade de escrever o próximo livro, o próximo e o próximo, não acabamos atropelando o tempo do inconsciente, colhendo frutos ainda verdes? Sempre me chama atenção quando me perguntam: mas e o próximo livro, ou, já está escrevendo o próximo livro? E eu tenho vontade de responder: o próximo livro eu estou escrevendo desde sempre, desde que nasci e inclusive desde antes do meu nascimento – o próximo livro que começou a ser escrito nas palavras dos meus ancestrais.

FICÇÃO (PARTE 5)

O chão é escorregadio, basta jogar bastante água. Será uma longa viagem. Mas ele já fez coisas mais difíceis. Quando chegar em casa. Azulejos, já conheceu azulejos, também corais, suas cores, seus habitantes – a vida passa tão rápido. Já conheceu embarcações, baleias com filhotes, cachalotes, Moby Dick. A luz que incide sob as águas, fragmentações, o estranho limite da superfície. Já esteve lá fora, já viu a lua em noites antigas, já viu também antigos deuses, já derrubou caravelas, em vão, já viu e já foi Poseidon. Agora volto, enfim, para casa.

O EU NÃO É MAIS SENHOR DO PRÓPRIO TEXTO

O HOMEM DE NEANDERTAL

Paciente: Ontem eu sonhei que o mundo tinha acabado.
Analista: hmm.
Paciente: O mundo tinha acabado e eu era o único sobrevivente.
Analista: Que interessante, continue.
Paciente: Só que eu não era eu.
Analista: Não?
Paciente: Eu era o homem de Neandertal.
Analista: Quem?
Paciente: Eu era o último homem de Neandertal.
Analista: Ah, fale mais sobre isso.
Paciente: Eu vivia numa caverna no sul da Espanha. O mundo tinha acabado e só restava eu no sul da Espanha. A caverna tinha vista para o mar. As ondas batiam com violência nas pedras. Nas horas vagas eu fazia estranhos desenhos nas paredes da caverna.
Analista: Nas horas vagas?
Paciente: Sim.
Analista: E o que você fazia nas horas não vagas?
Paciente: Eu lia um exemplar do *Quixote*.
Analista: Muito interessante, continue.

NAS ENTRELINHAS

Eu tinha trinta e três anos quando terminei o meu primeiro romance, o *Toda terça*. E apesar de ser do tipo de escritora que sempre quis ser escritora, por muito tempo eu fui uma escritora sem livro, ou pior, uma escritora que nunca tinha escrito nada. Uns cinco anos antes do *Toda terça*, eu vivia em Paris, na Cité Universitaire, na mesma casa onde Sartre havia terminado o seu doutorado, me disseram logo que cheguei. Eu olhava para aquilo tudo como um sonho muito bonito. Eu estava em Paris, eu deveria estar feliz, esfuziante até, mas não estava. Na verdade eu, que sempre me movera numa espécie de névoa da melancolia, agora estava presa às amarras da depressão. Os demais habitantes da *maison* tampouco pareciam muito bem dispostos – talvez fosse alguma espécie de casa mal-assombrada, pensei. Mas como as coisas sempre podem piorar, um dia recebi um telefonema. Um amigo na Alemanha se suicidara, se jogara na frente de um trem. Levava na mochila *El túnel*, de Ernesto Sábato (que eu nunca mais reli). Ele era colombiano. Naquele dia fora até a universidade onde finalmente conseguira uma vaga. Na volta para Berlim, se jogou na frente de um trem. De alguma forma muito estranha, era como se o seu suicídio fosse meu também, ficou ali ecoando. Em Paris, depois desse acontecimento, a minha depressão piorou. Todos os dias eu ia até o *Seine* e ficava ali na ponte, pensando em me jogar. Mas como me jogar ali, em Paris, me parecia meio ridículo, meio clichê, acabava mudando de ideia. De qualquer forma, para me proteger de mim mesma comprei um cartão anual do Pompidou e, todos os dias, depois de passar pela ponte e decidir não me jogar, ia até o museu. Lembro de cada uma das exposições a que assisti naquele ano. Dizem que a arte salva, talvez seja verdade. Depois voltei para a Alemanha, comecei um tratamento e aos poucos fui me recuperando. Paralelamente a isso, comecei a escrever. Eu escrevia todos os dias o dia inteiro. Dali surgiu o meu livro de contos e logo depois o *Toda terça*. Não tenho dúvidas que naquela época eu escrevia contra a morte. O *Toda terça* é um livro com personagens suicidas – os três narradores, cada um a seu modo. Eu não pensava isso quando escrevi, mas hoje vejo as correlações. Um dia, quando já haviam se passado dez anos do lançamento desse livro, me dei conta de que havia escrito sobre o suicídio em geral e, mais especificamente, sobre o suicídio desse meu amigo, que no livro aparece com o nome de Javier, um colombiano que vai fazer doutorado na Alemanha, mas, em vez de terminar a tese, se perde num dia a dia vazio de sentido, numa espécie de depressão velada. Mas Javier não se mata, poderia dizer algum leitor. É verdade, no tempo da narrativa não, mas depois... depois sim. Foi isso o que eu acabara de descobrir, era o destino dele. Inclusive, na última cena de Javier, ele caminha pela beira do rio, justamente onde eu vira o meu amigo pela última vez, na beira do rio. A imagem desse último encontro ressoa na minha memória. Um personagem que vai se matar quando terminar o livro que o narra. Javier vai se matar, como era possível que eu só fosse me dar conta disso dez anos depois! Eu, a própria autora. Como era possível que nem eu mesma soubesse o que eu havia escrito?

NO INÍCIO ERA FREUD

Muitos dizem que a criança pequena é por excelência narcisista e que, por não saber nada do "mundo lá fora", só teria olhos para si mesma e suas necessidades. Talvez. Mas é também muito comum o contrário, crianças de dois, três anos tentando consolar o amiguinho que se machucou ou às vezes até a própria mãe. O biólogo e filósofo Humberto Maturana, ao se referir à ideia comum de que as crianças são o futuro, faz uma inversão e afirma que o futuro somos nós, os adultos, que educamos as crianças e as socializamos em nossa cultura. Assim, o futuro é sempre o passado numa incessante cadeia de repetições. Freud, em seu texto "Uma dificuldade da psicanálise" (1917), fala das três grandes feridas narcísicas da humanidade, que seriam os traumas, os momentos em que a civilização ocidental se deu conta de que as coisas não eram bem como imaginávamos até então. Elas seriam as seguintes: 1) Quando Copérnico, no século XVI, afirmou (e demonstrou) que a Terra não era o centro, com o Sol e os planetas girando à sua volta, mas o próprio Sol. O Sol era o centro do sistema solar, e era a Terra que girava ao seu redor (depois descobriríamos que o sistema solar é só uma pequena parte da Via Láctea, que, por sua vez, é apenas uma entre milhões de galáxias, mas isso é outra história). 2) Por ocasião de Darwin e a teoria da evolução, que demonstrou que o homem não era feito à imagem e semelhança de Deus, mas fruto de um processo evolutivo como qualquer outro ser vivo, e que, inclusive, para sua maior humilhação, compartilhava grande parte

de sua herança genética com os macacos. Nas palavras muito atuais de Freud podemos imaginar a queda desses homens: "No curso de sua evolução cultural, o homem se arvorou em senhor das demais criaturas do reino animal. Não satisfeito com esse predomínio, começou a criar um abismo entre sua natureza e a deles. Negou que possuíssem razão e dotou a si mesmo de uma alma imortal, invocando para si uma procedência divina, que lhe permitiu romper os laços com o mundo animal."
3) A terceira ferida narcísica viria do próprio Freud, com a compreensão de como funciona o inconsciente. Se até então o ser humano imaginava ter controle sobre si mesmo e sobre seus desejos, Freud chega para afirmar que "o eu não é mais senhor em sua própria casa", ou seja, que esse "eu", tão caro a todos nós, é só um reflexo incompleto e ilusório, e as forças que o movem, as forças reais, são as do inconsciente. Resumindo, em alguns séculos, o *homo sapiens* teve de suportar as seguintes (más) notícias: sua casa não era a mais bonita, ele não era o mais bonito e nem mesmo aquilo que ele pensava que era ele, era ele mesmo.

AINDA FREUD

Mas o que significa não ser o senhor em sua própria casa? Para o sujeito significa que ele toma decisões não apenas pautado numa lógica evidente, na razão cartesiana ("penso, logo existo"), mas numa lógica interna, subterrânea, que segue as suas próprias leis, quase sempre desconhecidas. Assim, sou capaz de escolher algo que me fará mal, sabendo que me fará mal, mas me enganando que é a melhor ou a única opção. E para dar um exemplo ainda mais concreto, talvez eu seja um escritor iniciante e anuncie por aí (e para mim mesmo) que o meu sonho é escrever um romance, um grande romance, talvez o grande romance da literatura brasileira, talvez o romance que me dará o Nobel. Pensando nisso, tomo uma atitude concreta: largo o meu emprego e decido passar um ano vivendo das minhas economias, dedicado única e exclusivamente a escrever o meu grande romance. Compro um computador novo, ou cadernos coloridos, canetas, compro talvez uma nova cadeira ou flores que ponho sobre a mesa, e, pronto, após anos de dificuldades, eu finalmente posso começar. Mas justo no dia em que vou começar a escrever o grande romance, um imprevisto acontece, um amigo de longa data aparece e eu acabo acompanhando-o para um chope que se transforma em vários e só termina na manhã do dia seguinte. Mas tudo bem, foi uma exceção. Por isso na manhã do dia seguinte estou com uma terrível dor de cabeça e mais uma vez sou obrigado a adiar o início do grande romance. Escrevo no terceiro dia finalmente a primeira página e termino maravilhado de ter conseguido. O fluxo, penso – agora tudo flui. Mas, no dia seguinte, acordo com uma terrível dor nas costas, mal consigo me mexer e me vejo obrigado a ir ao médico, que me receita repouso absoluto. No décimo dia de repouso absoluto, enfim, recuperado, volto ao grande romance. Escrevo mais um parágrafo, mas aí percebo que tenho ainda algumas contas a pagar ou que há um livro que ainda não li, obra indispensável para o meu grande romance, e, assim, quando dou por mim, se passaram cinco anos e nada aconteceu. Faço aqui um corte lacaniano.

BUDA

De certa forma, o que Freud se esforça em nos explicar é algo que Buda já vem anunciando há mais de mil anos e a maioria dos povos indígenas sempre soube: o "eu" é uma ilusão. É o que o príncipe Sidarta descobriu enquanto meditava embaixo de uma árvore. E se o eu não existe, o que resta? O inconsciente? Não, para Buda resta o vazio, acessível por meio da meditação. Um estado sem pensamentos no qual o que somos (que não somos nós) pode emergir. Buda e Freud parecem não estar assim tão distantes, já que para ambos o cerne, seja do eu, seja do inconsciente, é sempre o vazio. Um vazio ao redor do qual a ilusão do eu se estrutura.

NO HOME MOVIE

Chantal Akerman fez mais de quarenta filmes. Sua mãe é o personagem sempre presente, seja por sua presença, seja por seu silêncio – a mãe que sobrevivera a Auschwitz, a mãe que não consegue falar sobre o horror porque há horrores que fogem às palavras. A filha herda esse silêncio, esse lugar sem palavras. A obra de Chantal Akerman é uma constante tentativa de narrar o que não pode ser dito. De narrar e de fugir. Seu primeiro filme é um curta, chama-se *Saute ma ville* (1968), "exploda minha cidade", mas que remete, em francês, a "exploda a minha vida" – *vie*. Nesse curta a jovem Chantal explode a cozinha da casa da mãe, num suicídio com toques de pantomima. Ou seja, é preciso explodir a angústia do indizível. O último filme de Akerman chama-se *No home movie* (2015), que remete à ideia de um filme sem retorno à casa. Nele Chantal filma os últimos meses da mãe antes de seu falecimento. Acontecimentos do dia a dia. Pequenos não acontecimentos, peças da tragédia que se anuncia. As últimas cenas são impressionantes. Após a morte da mãe, Chantal, no pequeno quarto que era o seu quando a visitava, amarra os sapatos e fecha a cortina, como quem fecha a cortina numa sala de cinema – o filme acabou – ou como quem fecha a cortina da vida. Depois, apenas o apartamento vazio da mãe e a ausência-presença da mãe. O indizível que permanece e adquire um caráter insuportável. Pouco tempo depois, Chantal Akerman se suicida.

O HOMEM DE NEANDERTAL

Analista: E o que você fez quando o mundo acabou?
Paciente: Nada, fiquei olhando pela janela.
Analista: Janela?
Paciente: Sim, porque de repente, quando o mundo acabou, eu não era mais o homem de Neandertal, eu era Lampião.

Analista: Lampião, sei, entendo.
Paciente: Pouco antes da última batalha, acho que foi uma emboscada, tem aquela foto com aquelas cabeças do bando de Lampião.
Analista: Sim, é uma foto muito impressionante.
Paciente: Então foi assim, o mundo tinha acabado e eu me transformara na cabeça de Lampião numa foto.
Analista: Humm.
Paciente: Eu era a cabeça de Lampião e gritava: "Mais fortes são os poderes do povo!"
Analista: Curioso, continue...

DEZESSETE DIÁRIOS

Quando escrevi *O inventário das coisas ausentes* coloquei que a protagonista, Nina, deixava dezessete diários para o narrador. De um dia para o outro ia embora e deixava os dezessete diários. Por sua vez, um outro personagem, um pai que ficara mais de vinte anos sem falar com o filho, antes de se matar o chama para uma conversa e lhe entrega dezessete diários. Muita gente me perguntava, mas por que dezessete? E eu sempre respondi que não tinha um significado específico, era só um número – podia ter sido qualquer outro, quinze, vinte e cinco, quarenta e oito. Até que, outro dia, muitos anos depois de ter escrito o livro, conversando com uma amiga, finalmente caiu a ficha. São dezessete anos! Os dezessete anos da ditadura militar no Chile. E as coisas ausentes estão diretamente relacionadas com essa vida não vivida, com a cisão que o golpe militar significou na minha família e na minha própria vida. O golpe militar causa a primeira grande ruptura da minha vida, uma ruptura que vai se repetir na minha realidade e na realidade dos meus personagens. A primeira vez que voltei ao Chile eu tinha dezessete anos, mais estrangeira do que nunca. Eu nem lá nem cá, eu em lugar nenhum, esse entre-lugar. No *Inventário*, os diários, tanto de Nina quanto do pai suicida do narrador, nunca são lidos. Uma escrita para sempre presente, para sempre perdida.

O TEMPO

Uma das características principais da análise lacaniana é o tempo da sessão. Ao contrário de outras vertentes que estabelecem cinquenta minutos ou uma hora, o analista lacaniano segue o tempo do inconsciente – isso significa que a sessão pode durar duas horas ou dez minutos. Às vezes pode significar que a pessoa vai passar mais tempo no trânsito para chegar até o consultório do que na consulta propriamente dita. Para muitos é uma frustração inaceitável, para outros é a oportunidade de experimentar esse corte. Mas o que é esse corte? Ele nada mais é do que terminar a narrativa no clímax em vez de continuar desenvolvendo os acontecimentos. Assim, a narrativa se encerra no momento que o suicida aperta o gatilho, ou quando a noiva decide não entrar na igreja no dia do casamento, ou quando o paciente diz algo que ele nem sabia que sabia. Vida em suspenso. Corte seco.

A PALAVRA QUE SE DESDOBRA

Mas quais são as conexões entre psicanálise e literatura? Começo pensando o conceito de literatura. Afinal, o que é literatura? As respostas são muitas e todas inexatas, mas vou me deter aqui num aspecto específico da literatura, o fato de a linguagem dizer muito mais do que ela aparenta dizer. Uma linguagem furada ou uma linguagem com pontos de fuga. Mas como seria isso? Comparando com um texto jornalístico, este informaria um fato (ou ao menos esperamos que o faça) e esse fato é o que é, é algo que pode ser comprovado. Se o jornal diz que João assaltou um banco, lemos apenas isso, que João entrou numa instituição bancária e obrigou o funcionário que trabalha lá a entregar-lhe uma quantia em dinheiro e depois fugiu. Já na literatura o texto sai do âmbito do factual e entra no metafórico. Assim, ao dizer que João assaltou um banco eu posso estar usando essa imagem como metáfora, e, ao fazer isso, "assaltar um banco" pode significar várias outras coisas: pode remeter à infância de João, quando ele brincava de assaltar bancos com o irmão, ou a uma frase que ele disse à mulher que amava e depois o abandonou, que ele a amava tanto que seria capaz de assaltar um banco por ela, ou então até outro banco, o banco de praça onde eles costumavam se sentar e onde ele a beijou pela primeira vez. Por isso, parte-se do princípio que ao ler o jornal todos tenhamos acesso à mesma informação, um fato. Já ao ler um romance ou um poema, estaremos, dependendo do leitor, lendo textos muito diferentes. Walter Benjamin, em seu ensaio "O Narrador. Considerações sobre a obra de Nikolai Leskov", aborda esse tema. No caso ele se refere à linguagem informativa (que explica) em oposição à linguagem narrativa (que deixa em aberto a interpretação). Benjamin cita Heródoto, uma passagem sobre o rei egípcio Psammenit: "Quando o rei egípcio Psammenit foi derrotado e reduzido ao cativeiro pelo rei persa Cambises, este resolveu humilhar seu cativo. Deu ordens para que Psammenit fosse posto na rua em que passaria o cortejo triunfal dos persas. Organizou esse cortejo de modo que o prisioneiro pudesse ver sua filha degradada à condição de criada, indo ao poço com um jarro para buscar água. Enquanto todos os egípcios se lamentavam desse espetáculo, Psammenit ficou silencioso e imóvel, com os olhos no chão. Logo em seguida viu seu filho caminhando no cortejo para ser executado e continuou imóvel. Mas quando viu um dos seus servidores, um velho miserável, na fila dos cativos, golpeou a cabeça com os punhos e mostrou os sinais do mais profundo desespero." Aqui nada é explicado: por que Psammenit agiu dessa maneira? Por que só o servidor o fez desabar? Será um acúmulo de humilhações? Será sua miséria? Cabe ao ouvinte-leitor tirar suas próprias conclusões, que podem variar não apenas de pessoa para pessoa ou de cultura para cultura, mas também para a mesma pessoa, que com o passar do tempo se transforma e passa a ver ali outras possibilidades. Como quando relemos um poema e nossa leitura dificilmente é a mesma de dez anos atrás – nós mudamos e por isso o poema também é outro.

LAMPIÃO

Analista: Então você era a cabeça de Lampião.
Paciente: Sim, o estranho é que apesar de morto eu continuava pensando.
Analista: E no que você pensava?
Paciente: Eu me dava conta de que eu era a cabeça de Lampião exposta no Museu Nacional pouco antes do incêndio. Quer dizer, eu era a cabeça numa fotografia exposta no museu.
Analista: Interessante...
Paciente: Sim, muito. Eu sabia que o museu ia pegar fogo. Era óbvio que isso aconteceria mais cedo ou mais tarde, o prédio estava em péssimas condições. Então eu pensei num plano de fuga.
Analista: Mas você era a cabeça de Lampião...
Paciente: Ué, por isso mesmo. Eu estava ali pensando.
Analista: Claro.
Paciente: Então eu pensei o seguinte...

EU NÃO PROCURO, EU ENCONTRO

A famosa frase de Pablo Picasso me vem à mente quando penso em criação literária ou artística em geral, um movimento de criar sem ter claro o que se busca. Sem ter o controle completo do que se faz. O que não significa, obviamente, não ter domínio da técnica. A técnica é essencial, mas se trata aqui de dar espaço ao que ainda não sabemos que sabemos, ao que está ali, no inconsciente, nesse lugar do mistério. E que fala à nossa revelia. Ursula K. Le Guin, mais conhecida por seus livros de ficção científica, mas que é também uma grande ensaísta, afirma em um dos seus ensaios ao comparar um texto informativo e um texto literário: "Enquanto escrevo minhas linhas de palavras, tento expressar coisas que considero verdadeiras e importantes. Isso é o que estou fazendo agora ao escrever este ensaio. Mas expressão não é revelação, e este ensaio, embora haja arte em sua escrita, é menos uma obra de arte do que uma mensagem. A arte revela algo além da mensagem. Uma história ou poema podem revelar verdades enquanto os escrevo. Eu não os coloco lá. Eu os encontro na história enquanto eu trabalho."

CLARICE

A primeira vez que li Clarice Lispector eu tinha dezessete anos. Na biblioteca do colégio me deparei com *A paixão segundo G.H.* e me lembro nos mínimos detalhes do livro em minhas mãos. Abri e comecei a ler em pé na frente da estante. Eu que vinha de leituras de escola, eu que nada sabia ainda dos mistérios da literatura fiquei ali, surpresa, talvez um pouco assustada. Reli aquele início umas três vezes, cheguei à conclusão que não entendera nada, mas havia algo, algo que me atraía, como se pela primeira vez alguém me abrisse uma janela para dentro da terra, para dentro de mim mesma. Levei o livro pra casa e fiquei por muito tempo com ele na mochila – eu renovava e renovava o empréstimo de uma semana. E eu continuava não entendendo. Mas nesse não entender havia algo que me atravessava, algo que tomava corpo. Assim, nesse não saber, eu sabia. Intuitivamente eu sabia. Por muito tempo carreguei comigo o seguinte trecho: "— — — — — estou procurando, estou procurando. Estou tentando entender. Tentando dar a alguém o que vivi e não sei a quem, mas não quero ficar com o que vivi. Não sei o que fazer do que vivi, tenho medo dessa desorganização profunda. Não confio no que me aconteceu. Aconteceu-me alguma coisa que eu, pelo fato de não a saber como viver, vivi uma outra?" Carrego esse trecho comigo desde aquele dia, aos dezessete anos – passaram-se trinta anos. Penso agora neste momento em que escrevo. As palavras continuam misteriosas, continuam reverberando, apesar de já terem adquirido os mais diversos significados. Como se dentro de mim uma voz que insiste na pergunta: "Aconteceu-me alguma coisa que eu, pelo fato de não saber como viver, vivi uma outra?" Hoje penso com frequência nesse acontecimento e suspeito que talvez tenha sido ali, naquela experiência clariceana, que eu comecei a me fazer escritora, ainda sem ter escrito nada.

CERVANTES DE PIERRE MENARD

Cervantes morreu sem saber que tinha escrito o *Quixote*. Aliás, o *Quixote*, como o conhecemos, foi escrito no século XX. Mas como assim? Para Cervantes, estava longe de ser a sua obra-prima, era só um bom livro, uma paródia que por sorte havia se tornado um best-seller do início do século XVII. Para Cervantes, sua grande obra era *Os trabalhos de Persiles e Sigismunda*, livro publicado um ano após a sua morte e para o qual a crítica (e o público) nunca deram a menor atenção. Aliás, Cervantes só terminou de escrever a segunda parte do *Quixote* (a mais genial, a propósito) por causa do livro apócrifo de Avellaneda, que se apoderou do personagem dando-lhe outras aventuras. Ou seja, Cervantes escreve uma das grandes obras da cultura ocidental sem ter a menor ideia do que havia escrito. Jorge Luis Borges remete a esse fato no conto "Pierre Menard, o autor do *Quixote*", no qual um escritor francês do início do século XX copia letra a letra o *Quixote*, e, pasmem, escreve assim outro *Quixote*, totalmente diferente do de Cervantes. Mas por quê? Porque o leitor do século XX lê nesse livro outras coisas, lê com o peso da história de três séculos, lê tendo por base as leituras anteriores do *Quixote* e, por último, lê conhecendo do imaginário cultural o cavaleiro da triste figura.

ZAMA

Outro dia assisti ao filme *Zama*, de Lucrecia Martel. Ao fim do filme a sensação estranha, como quando acordamos de um sonho (ou de um pesadelo) e tentamos criar algum sentido para aquilo, apesar do coração batendo (de medo, de horror, de alegria) nos dizer a todo instante que sim, que aquilo faz todo o sentido, mesmo que ainda não saibamos qual. Naquela mesma noite, abro o computador e assisto a uma entrevista de Martel, na qual ela fala sobre o processo de criação do filme. Ela tinha lido o livro *Zama*, de Antonio di Benedetto, e conta que havia algo que a impactava, que a entusiasmava naquele livro, e ela não sabia o que era. Então ela foi fazer o filme guiada por esse algo, para descobrir do que se tratava. Às vezes é justamente isso que "não entendemos", que não sabemos pôr em palavras, o que nos move a criar. Sustentar o "não entender" exige uma imensa coragem.

OS CLÁSSICOS

Mas que relação tem a literatura com o inconsciente? As respostas são muitas, mas vou me deter aqui num aspecto específico, a relação entre a linguagem literária e a linguagem do inconsciente. Segundo Freud, em *A interpretação dos sonhos*, livro que mapeia essa fala do inconsciente, trata-se de uma linguagem que funciona principalmente através da condensação e do deslocamento. Lacan, por sua vez, ao dizer que o inconsciente está estruturado como uma linguagem, vai traçar a correlação entre condensação e metáfora e entre deslocamento e metonímia. Assim, no inconsciente a linguagem não é informativa, mas simbólica, e deve ser interpretada, o que é o mesmo caso da linguagem literária.

O poema é maior do que o poeta ou, como diz Drummond, "A poesia é um jogo em que os poetas manejam cartas desconhecidas deles próprios". Em outras palavras, ao escrever um texto que pode ser interpretado de várias formas, o poeta ou escritor perde o controle daquilo que diz, ao menos o controle completo (que jamais existe), já que sempre diz muito além do que imagina dizer. Inclusive porque ele mesmo vai se transformando à medida que escreve, numa relação de mão dupla, na qual autor e texto se afetam mutuamente. Italo Calvino, em seu texto *Por que ler os clássicos,* mostra que uma das principais características de um clássico é a capacidade de transcender sua cultura e época: "Um clássico é um livro transtemporal, ao mesmo tempo que reescreve o passado, lança uma flecha para o futuro, pois nunca termina de dizer o que tem para dizer."

OS QUATRO PONTOS CARDEAIS

Paciente: Então o museu pegou fogo e o mundo acabou.
Analista: E você?
Paciente: Eu virei cinza.
Analista: Ah...
Paciente: Mas isso não foi o pior.
Analista: Não?
Paciente: Não. O pior foi o vento. Veio um vento horrível, talvez um furacão, sim, um furacão. Veio um furacão e me espalhou pelos quatro ventos.
Analista: Os quatro ventos...
Paciente: Sim, e eu que era um, uma cabeça, me tornei quatro. A sensação era estranha, eu era eu, mas ao mesmo tempo era quatro, e essas quatro tinham personalidades

diferentes – elas discutiam entre si. E cada uma delas correspondia a um ponto cardeal.

Silêncio.

Analista: E aí?

Paciente: E aí nada.

Analista: Nada?

Paciente: Nada. Eu descobri que os quatro pontos cardeais eram na verdade os quatro cavaleiros do Apocalipse. E foi quando eu me dei conta de que o fim do mundo era eu.

Analista: Você era o fim do mundo?

Paciente: Sim, eu era vítima e algoz.

Analista: Muito interessante. Ficamos por aqui. Até a semana que vem.

A LEITORA IDEAL

Um tempo atrás, conversando com uma leitora, ela comenta: "os seus livros têm todos algo em comum." Eu acho estranho, o que eles poderiam ter em comum? "Em todos eles há ao menos um personagem que foge, que escapa para algum lugar. Um movimento inesperado." Penso por alguns segundos no que ela diz e percebo, com espanto, que é verdade, ela tem toda a razão. Faço mentalmente uma breve análise. Em *Toda terça*, Camilla, que estava na Alemanha, pega as suas coisas e, de uma hora pra outra, volta para o Brasil. Em *Flores azuis*, o homem amado (e abusivo) desaparece sem deixar vestígios. Em *Paisagem com dromedário*, Érika abandona a amiga que está com câncer e após a morte dela se isola numa ilha. Em *O inventário das coisas ausentes*, Nina desaparece deixando dezessete diários. E em *Com armas sonolentas*, a ruptura se torna um *Leitmotiv*, todas as personagens fazem este movimento: a avó, que foge da casa de repouso; Anna, que do dia pra noite resolve casar e ir morar na Alemanha, e Maike, que também de repente decide abandonar o curso de Direito e estudar português. Fico ali, cheia de espanto, como se alguém tivesse me feito a grande revelação. Mas era a grande revelação. Eu tinha escrito cinco romances, e, realmente, havia sempre essa ruptura. Como é possível que eu não tivesse percebido? O mais curioso da história: eu acabara de fazer uma ruptura como essa na minha vida pessoal. De um momento a outro havia resolvido me mudar para a Alemanha. Num dia eu estava pintando a parede da sala e arrumando os livros na nova estante, no outro eu tinha comprado uma passagem só de ida. Há algo que se infiltra na vida e na ficção. Essa voz que nos fala, à nossa revelia.

A ÚLTIMA ENTREVISTA

Pouco antes de morrer, Clarice Lispector deu uma entrevista para a TV Cultura. Ali, ao contrário das fotos onde aparece cheia de glamour, ela é uma pessoa comum, ao menos fisicamente, mas já nos primeiros segundos o seu olhar nos diz que não, que não há nada de comum ali. E depois a sua fala, sua fala tem algo de revelação, como se ela escrevesse. Como se não fosse a literatura de Clarice o grande mistério, mas ela mesma, ali incorporando o mistério em si. Então um dia o mistério, vestido de Clarice, deu uma entrevista para a TV Cultura.

Entrevistador: O adulto é sempre solitário?
Clarice: O adulto é triste e solitário.
Entrevistador: E a criança?
Clarice: A criança tem a fantasia, solta.
Entrevistador: A partir de que momento, de acordo com a escritora, o ser humano vai se transformando em triste e solitário?
(silêncio)
Clarice: Isso é segredo.

WANDERN

Dizem que só é possível filosofar em alemão. Talvez seja verdade, mas, como não sou filósofa, não tenho certeza. Porém, a experiência me ensinou que existem mesmo algumas coisas que só podem ser ditas em alemão (outras em japonês, mas isso é outra história). Uma delas é *wandern*, que pode ser traduzido como caminhar, mas vai muito além do que simplesmente caminhar. *Wandern* significa uma longa caminhada que pode levar algumas horas, dias ou até meses e é feita sempre na natureza. Não se *wandern* no centro da cidade ou na Av. Paulista, porque se trata de uma experiência meditativa, uma comunhão com a paisagem. Eu já fiz algumas *Wanderungen* (substantivo). A que mais me marcou foi a do Caminho de Santiago que sai de Sevilha, chama-se Via de la Plata

– mil quilômetros que agora parecem uma viagem à lua, mas que naquela época foi simplesmente acontecendo. A experiência teve dois momentos muito marcantes que me acompanham até hoje: um foi quando eu percebi que meu corpo não era o meu corpo – após as primeiras semanas, meu corpo havia se transformado em algo desconhecido, muito mais forte, ágil, estável. Eu caminhava muitas horas por dia, em média uns 30 quilômetros, e sentia que em meu corpo havia eu, mas também todos aqueles que vieram antes de mim, uma espécie de herança, uma espécie de transe. E esse meu corpo caminhava sustentado pela força de uma série de outros corpos que haviam caminhado e continuavam caminhando desde o início dos tempos. O outro momento foi quando percebi (pela primeira vez) que eu não era eu. Ou seja, esse "eu" que caminhava nada tinha a ver com a pessoa que eu era normalmente, a moça que na época morava em Madri, com seus desejos e dúvidas do dia a dia. A pessoa que eu era tinha simplesmente desaparecido. Como alguém que se desfaz de uma roupa. De repente, eu me deixara feito uma roupa pendurada no armário em Madri, e ficara apenas uma existência que era nada, mas estava conectada a tudo. Alguns chamam isso de experiência mística; eu nunca soube como chamar. Hoje fico pensando, talvez Buda e Freud tenham razão.

LEITURA DO MUNDO

Gosto de imaginar que tudo é passível de leitura: os sonhos, os sintomas, a paisagem, o céu, as estrelas, as nuvens, a doença, a morte, a música, a dança, as pessoas, as palavras. E talvez a experiência da vida nada mais seja do que estar, dia após dia, lendo o mesmo livro, às vezes a mesma frase, durante anos, e, a cada momento, um aprofundar-se, um movimento em espiral, uma leitura em direção ao centro, o centro inabitado da palavra.

QUANDO A REALIDADE
NÃO DÁ CONTA DA REALIDADE

DESPERTAR

Quando Maria Antonieta acordou de sonhos intranquilos, o dinossauro não estava mais lá, mas deixara um bilhete na porta da geladeira: fui comprar cigarros e já volto. Sem levantar da cama, ela estendeu a mão até a mesinha de cabeceira e pegou o maço, o isqueiro, acendeu o primeiro cigarro do dia. Fumar faz mal à saúde – o pensamento se infiltrou em sua mente –, mas logo foi substituído por outro: o dinossauro levara o seu casaco de couro – estranho que ele fizesse isso em pleno verão do Rio de Janeiro. Logo o casaco de couro de jacaré... Que tal se dormisse um pouco mais e esquecesse todas essas tolices?, pensou, mas era algo irrealizável. Tinha um compromisso logo mais, precisava ao menos tomar um banho. Tentou levantar-se da cama algumas vezes sem muito sucesso e, quando finalmente conseguiu, olhou em volta e percebeu que a geladeira havia sumido.

O POLVO

Dizem que o polvo, com sua estranha consciência descentralizada (os neurônios estão espalhados por todo o corpo), é o mais próximo que podemos chegar de uma inteligência alienígena. O polvo é capaz de resolver os mais complexos problemas, abrir potes, planejar rotas de fuga, tirar fotografias e, pasmem, reprogramar o próprio RNA. Sim, descobriu-se que o polvo é capaz de reprogramar-se. Por outro lado, sua expectativa de vida é de no máximo dois anos de idade. A fêmea, ao pôr os ovos, deixa de se alimentar para cuidar do "ninho"; quando os ovos eclodem, ela já está tão fraca que morre logo depois. Em outras palavras, a fêmea não passa a seus preciosos descendentes aquilo que sabe, seus conhecimentos sobre o entorno, a sua "cultura". Parece não fazer muito sentido, ou talvez faça – talvez desse modo o polvo tente impedir o surgimento de alguma coisa, poderíamos imaginar. Seja como for, trata-se de um estranho animal, mais próximo da ficção científica do que da biologia. Penso que o polvo não é o único exemplo, pois a realidade está cheia de elementos fantásticos, inverossímeis, absurdos.

MULHERES SURREALISTAS

Em Frankfurt fica um dos meus museus preferidos, o Schirn Kunsthalle, e são muitas as exposições que povoam a minha memória, Hélio Oiticica, Lygia Clark, mas há uma em especial que vai ficar como a exposição a que não assisti. *Fantastische Frauen* (Mulheres fantásticas) ofereceria ao público um panorama da obra de mulheres surrealistas que, aliás, pouco espaço tiveram no aspecto oficial do movimento. Obras de artistas como Frida Kahlo, Meret Oppenheim, Leonora Carrington, Remedios Varo, Dora Maar – e eu já tinha comprado ingresso com dois meses de antecedência. Mas então veio a pandemia e tudo acabou sumindo nas brumas do inesperado. No início por causa da quarentena, depois porque a seminormalidade me impedia de pôr uma máscara, pegar um trem e arriscar a minha vida (e a de outros), por maior que fosse a tentação. Eu me perguntava: estranho mundo este em que cada passeio, cada ida ao museu, ao cinema, à casa de alguém pode significar uma sentença de morte. Não que a vida não fosse sempre assim, mas não com essa intensidade, não com essa gravidade. Me restou então um passeio virtual pela exposição surrealista, que acabou sendo muito mais interessante do que eu imaginava, e, entre as muitas possibilidades on-line, me deparei com o *Schirn Shortcuts*, uma série de vídeos que apresentam brevemente as mais variadas temáticas ligadas à arte – em destaque, logicamente, o Surrealismo. O texto inicial transcrevo e traduzo aqui:

"Isso que está acontecendo atualmente conosco, com nossa sociedade, com o planeta, é visto por muitos como algo bizarro e surreal. E ao fazer isso, também parecemos gradualmente perder a fé na razão humana. O que consideramos ser um fenômeno de nosso tempo foi vivido por um grupo de artistas há cerca de cem anos e transformado em manifesto: o Surrealismo. Após a Primeira Guerra Mundial, eles não queriam mais se resignar a uma sociedade que havia tornado possível uma guerra tão bárbara como aquela e exigiam uma mudança de pensamento radical. Inspirados em *A Interpretação dos sonhos*, de Sigmund Freud, eles incitaram a 'rasgar o véu da realidade'."

O VÉU DA REALIDADE

Eu estava escrevendo sobre o fim do mundo quando o mundo começou a acabar. A ideia era um romance, um longo romance, e eu já havia escrito uma novela que seria parte desse romance, mas que também poderia ser uma peça de teatro ou um pequeno filme, eu pensava. A novela tinha o título "Dez perguntas para o fim do mundo" e tinha sido escrita à mão num caderno, uma experiência nova para mim, já que esse tipo de escrita trazia uma série de aspectos incomuns: o texto não podia ultrapassar o número de páginas que o caderno oferecia (me impus essa regra). Como eu escrevia à mão, era importante pensar muito bem antes de formular uma frase, pois o espaço de desistência era muito menor do que no computador, com seu espaço infinito. Eu escrevia vários capítulos ao mesmo tempo, já que o objeto permitia transitar mais facilmente entre as páginas, inclusive visualizá-las. Eu andava com o caderno na bolsa – me recusava a sair sem ele. Dormia com ele debaixo do travesseiro. Enfim, a ideia era pensar a escrita a partir dessa corporeidade. Quanto ao tema, sim, era o fim do mundo, e não apenas o nosso, mas os inúmeros fins de mundo que já aconteceram. Assim, um dia, em meio a essa escrita do fim do mundo, o mundo começou a acabar, e eu senti como a realidade se infiltrava na minha ficção, o que tornou a escrita impossível. E serviu para confirmar algo que eu já sabia (ao menos para mim): é impossível escrever sobre o trauma no meio do trauma. Assim, num pequeno ritual, rasguei e queimei o meu único exemplar.

A EXISTÊNCIA ESTÁ EM OUTRO LUGAR

Em seu *Manifesto do Surrealismo* (1924), diz André Breton: "A pretexto de civilização e de progresso conseguiu-se banir do espírito tudo que se pode tachar, com ou sem razão, de superstição, de quimera; a proscrever todo modo de busca da verdade, não conforme ao uso comum. (...) Talvez esteja a imaginação a ponto de retomar seus direitos. Se as profundezas de nosso espírito escondem estranhas forças capazes de aumentar as da superfície, ou contra elas lutar vitoriosamente, há todo interesse em captá-las (...)." Não há como pensar o Surrealismo sem o trabalho de Freud, e especialmente a sua enigmática frase: "Wo Es war, soll Ich werden" (Onde estava o isso deve advir o eu), que de forma muito simplificada pode ser traduzida como o desejo que se manifesta no inconsciente e deve passar à consciência, sendo que, claro, se trata de uma tarefa sempre incompleta, pois algo do inconsciente sempre nos escapa.

FRIDA KAHLO

O encontro entre Frida Kahlo e os surrealistas europeus aponta para um aspecto importante do movimento, a sua perspectiva hegemônica. Kahlo chega a Paris e é recebida com entusiasmo por André Breton, que a vê como uma pintora surrealista, mas ela não se identifica com o movimento e argumenta: "Nunca pintei meus sonhos, só pintei minha própria realidade." Há nisso um significativo "mal-entendido". Para Breton a realidade de Frida era uma suprarrealidade – para Frida era apenas uma linguagem que expressava quem ela era. Um bom exemplo é o quadro *Mi nacimiento* (1932), no qual vemos, deitada numa cama, uma mulher nua com a cabeça coberta pelo lençol, com as pernas abertas em nossa direção. Essa mulher dá à luz uma pessoa adulta, e pela vagina vemos sair a cabeça da própria Frida. Hayden Herrera, em seu livro *Frida Kahlo: the paintings*, nos dá mais algumas informações: a mãe de Frida morre justamente enquanto Frida trabalha nessa pintura, e a cama ali retratada é a cama onde ela e a irmã nasceram. A pintura usa a linguagem da metáfora – poderia ser um poema, poderia ser sintoma, poderia ser apenas sonho.

As palavras de Frida vão ressoar anos mais tarde no Realismo Mágico de García Márquez, que argumenta de forma semelhante, ou seja, diz que aquilo que parece fantástico para o europeu para ele nada mais é do que um modo de expressão da realidade. Curiosamente, García Márquez se inspirou em Kafka, em *A metamorfose*, onde um dia Gregor Samsa acorda de sonhos intranquilos transformado em um inseto monstruoso. Em Kafka há uma inversão lógica: Samsa não está apavorado com sua metamorfose, mas com a possibilidade de chegar tarde ao trabalho. García Márquez reestrutura essa inversão – em *Cem anos de solidão* os moradores de Macondo veem como algo fantástico a existência do gelo, já acontecimentos realmente "fantásticos" como alguém passear num tapete voador são percebidos como algo cotidiano, comum. Tirando o uso mercadológico do selo Realismo

Mágico, assim como do próprio Surrealismo, o que está em questão é a exposição de formas não hegemônicas de interpretar a realidade, de narrativas que sempre existiram (como a fala dos deuses, dos espíritos, dos xamãs, das plantas, dos animais, entre tantas outras), mas que, por transgredirem a razão dominante, ganham rótulos. Em outras palavras, talvez o estranhamento devesse ser transferido do objeto para o próprio sujeito, talvez devêssemos nos perguntar: que visão de mundo é essa que adotamos, ou que nos foi dada, que nos faz exotizar (muitas vezes desmerecer) qualquer interpretação que não siga a razão moderna e instrumental?

ÉCRITURE AUTOMATIQUE

porque há algo que nos escapa, essa sombra, essa faca, fio que se retorce em pensamentos tortos, em retornos inesperados, nas ruas, nas frestas, nas encruzilhadas, pessoas que nunca se encontram, quantas vezes as mesmas perguntas-peixe penduradas no teto das casas, prontas para desabar da sua mais estranha face, para depois, depois é a noite que já passou e não vem, não vem mais o depois, fica aqui que é sempre outro dia, outra hora, as linhas de um novelo multicor de estrelas grudadas na purpurina do nada, na noite do céu, o brilho que enfeita as noites do deserto do Atacama, mais ao sul, mais ao sul caminho, uma longa caminhada, mil, dez mil quilômetros, rumo ao sul, rumbas, danças, a passos lentos, constantemente lentos, longos, as estrelas me acompanham escondidas na montanha, e eu carrego no corpo o peso e a força de outras vidas antes de mim, antes da chuva, que chega. Enfim.

ESCRITA AUTOMÁTICA

O Surrealismo nunca teve na literatura o espaço que conseguiu nas artes visuais – é interessante pensar nos motivos. A maior crítica sempre foi feita à escrita automática, uma espécie de psicografia, o autor que se deixaria levar totalmente pelo seu inconsciente, sem nenhum tipo de interferência da razão. Por trás dessa crítica, a ideia de que a literatura precisa de técnica, de um trabalho detalhado no texto, uma ourivesaria, a busca do *mot juste*, como dizia Flaubert. Assim, nesse tipo de arte, não haveria espaço para as loucuras do inconsciente, para destemperos. Eu não concordo e acho que ao afastar as ideias surrealistas da literatura acabamos perdendo muito mais do que ganhamos, se é que ganhamos alguma coisa. Em primeiro lugar, por que nos preocupamos tanto com a técnica no texto escrito? A técnica deveria ser o ponto de partida e não necessariamente o de chegada. Obviamente todos os grandes artistas das vanguardas dominavam completamente a técnica. Picasso, por exemplo, filho de um professor da Escola de Belas Artes, desde jovem tinha completo domínio da pintura figurativa. O Cubismo foi para ele um passo além, para fora daquilo que aprendera, o que não significava um esquecimento do que aprendera. A mesma coisa quando pensamos na arte abstrata de Hilma af Klint, segundo ela, ditada por espíritos superiores. Assim, por que ao falar em escrita automática necessariamente falamos em falta de técnica? Por que na literatura, assim como em outras artes, a técnica não pode ser um saber já adquirido do qual, por isso mesmo, podemos nos afastar?

HOMO RODANS

Remedios Varo é uma das artistas mais interessantes que conheço, com suas pinturas que parecem saídas de um sonho, de um caldeirão da bruxa. Considerada pintora surrealista, me parece que ela foi muito mais. E deixou uma obra que inclui, além de pinturas, muitos textos escritos, inclusive uma peça de teatro que escreveu com Leonora Carrington – aliás, a amizade entre essas duas mulheres geniais foi um diálogo extremamente frutífero e pouco estudado até então, um diálogo que incluía arte, psicanálise, alquimia, literatura, culinária... Mas quero falar aqui de uma obra específica, o *Homo rodans* (1959), a única escultura de Remedios Varo, feita com ossos de frango e peru, que mostra um ser fantástico que em vez de pernas se equilibra sobre uma roda. Para acompanhar a escultura, Varo escreveu um pequeno livro com o mesmo título, no qual, usando uma linguagem deliberadamente pseudo-científica (irônica), inclusive com citações em um latim inventado, ela cria um simulacro de artigo antropológico sobre a origem do seu *Homo rodans*:

"Continuando com a minha análise da situação, penso que é muito urgente deixar bem estabelecido que a palavra 'evolução', com seu conteúdo de ideias errôneas sobre a possível mudança das coisas de uma forma mecanicamente desprovida de vontade transcendental, é a origem da ignorância e confusão prevalecentes. Também o disse o grande Algecífaro, cujas palavras conhecemos por Tivio Tercio '... et ainsi evolutiona irreparabile esjundem confusiona per secula seculorum est'. Não há dúvida de que nosso universo conhecido está dividido em duas claras tendências: a que tende a endurecer e a que tende a abrandar. Esta é a situação atual."

Há, tanto na escultura – feita de materiais considerados pouco nobres, talvez satíricos, ossos de peru e galinha – quanto no texto que a acompanha, um movimento que empurra os padrões da arte para longe, que os subverte, que ri deles e, ao mesmo tempo, que cria novos formatos. Remedios Varo dizia que escrever era para ela como fazer um esboço de um quadro. Talvez a palavra *esboço* seja a chave, não num sentido de algo malfeito, mas de exercício, de uma aproximação que fazemos pela primeira vez ainda sem saber aonde vamos chegar. Trajetus novus impensabilis est.

OBJETO SUBVERSIVO

Ainda os polvos. Uma das grandes dúvidas que os cientistas têm é sobre os reais motivos de seu comportamento em cativeiro, o que atrapalha demais as pesquisas. Uma pesquisadora comenta ressabiada que o experimento com o objetivo de provar se o polvo tinha ou não inteligência para mover uma alavanca e ganhar uma sardinha foi deliberadamente minado pelo próprio objeto estudado, o polvo, que ao mover a alavanca e ganhar a sardinha ficou ali esperando que a pesquisadora se aproximasse do seu tanque, sardinha em riste, e, quando ela chegou, demonstrativamente descartou a sardinha no cano de ventilação.

DEPOIS

Depois de queimar o meu único exemplar de "Dez perguntas para o fim do mundo" fico dando voltas pela casa – a necessidade de escrever alguma coisa e, ao mesmo tempo, a impossibilidade de escrever qualquer coisa. Como escrever sobre o que não faz sentido? Ou, como escrever sobre o furacão quando estamos no meio do furacão? Que possibilidades inventar? Penso em escrever sobre o início do mundo, gosto da ideia. Mundos que se iniciam, como se fosse possível desconjurar. Pego um caderninho. Após uma série de rascunhos malsucedidos me dou conta, com grande surpresa, de que para encontrar sentido naquele momento a única chance era não dar sentido fixo, ser ambígua, contraditória. Uma linguagem que, mais do que explicar, criasse, e me decido por uma série de poemas (ou eles decidem por mim) – eu que jamais escrevi poesia, nem nos mais loucos arroubos da juventude. Escrevo então um livro de poemas sobre o início do mundo. Ao terminar, guardo o caderno na gaveta como quem guarda um amuleto.

BESTIÁRIO

Há em nosso imaginário um tempo mítico chamado de "época em que os animais falavam". Na lógica bíblica, trata-se do paraíso, antes de Adão e Eva serem expulsos. De qualquer forma, durante a maior parte da história humana, os animais e, consequentemente, histórias sobre animais ou com animais como personagens-protagonistas foram uma constante na produção oral e depois também escrita. Somente nos últimos séculos os animais foram banidos para os livros infantis e temas mitológicos ou etnográficos. A escritora de ficção científica (mas não só) Ursula K. Le Guin, em seu texto "The beast in the book", faz uma análise dessa relação entre literatura e animais: "Na civilização pós-industrial, onde os animais são considerados irrelevantes para as preocupações dos adultos, exceto na medida em que são úteis ou comestíveis, a história dos animais é percebida principalmente como sendo para crianças. (...) Talvez damos histórias de animais às crianças e encorajamos seu interesse por animais porque vemos as crianças como inferiores, mentalmente 'primitivas', ainda não totalmente humanas: assim, vemos animais de estimação, nos zoológicos, e histórias de animais como passos 'naturais' no caminho da criança até o adulto (...)." O argumento de Le Guin vem ao encontro de uma série de outras narrativas que são relegadas à literatura infantil, como os mitos indígenas, as fábulas (que em sua origem eram para adultos), e grande parte das histórias "fantásticas". Le Guin aborda o imenso interesse da criança pelos animais, algo que a fascina, mas que depois vai se desfazendo, como se desaprendêssemos o que sabíamos. E me vem à lembrança um momento muito marcado na memória. Eu fui uma criança que amava ler, e o prazer na escrita foi com certeza uma consequência disso. Eu era uma ótima aluna em redação. O momento mais emocionante do dia, escrever a minha própria redação, que, por alguns anos, significava inventar uma história, a mágica de inventar uma história. Até que ao entrar na quinta série vieram as palavras definitivas da professora – a partir de então as redações seriam textos analíticos (tese, antítese e síntese) sobre assuntos do cotidiano. Nada mais desse negócio de inventar histórias. Para mim foi como se caísse uma longa noite que só iria se levantar quinze anos depois.

UNICA ZÜRN

Ela é uma dessas figuras desconhecidas, geniais e enigmáticas da história. Por muito tempo, foi mais conhecida como a mulher de Hans Bellmer, mas hoje sua obra vai pouco a pouco construindo um lugar próprio. Um castelo de estranhas cores e figuras, uma casa com jardim e um homem-jasmim que acena em silêncio, e em silêncio diz, sim, é por aqui. Uma obra que inclui prosa, diários, desenhos e poemas. Uma obra que inclui longas passagens por clínicas psiquiátricas, uma obra que inclui uma autora que salta pela janela e fim. Mas não, o fim nunca é o fim. Abro uma edição com os poemas anagramáticos – as regras de um anagrama (nada se cria, tudo se transforma),

a dança das palavras, um quebra-cabeças, um edifício
que se arma e desarma, as variações, poemas-recicláveis,
poemas-ciclone. E me lanço na tarefa impossível da tradução – fica o sentido, perde-se a montagem. Não importa,
há sempre algo que escapa.

<u>Ich weiss nicht, wie man die Liebe macht</u>

Wie ich weiss, "macht" man die Liebe nicht.
Sie weint bei einem Wachslicht im Dach.
Ach, sie waechst im Lichten, im Winde bei
Nacht. Sie wacht im weichen Bilde, im Eis
des Niemals, im Bitten: wache, wie ich. Ich
weiss, wie ich macht man die Liebe nicht.
(Ermenonville, 1959)

<u>Eu não sei como se faz o amor</u>

Como eu sei, não se "faz" o amor.
Ele chora sob uma luz de cera no telhado.
Ah, ele cresce na luz, ao vento à
noite. Ele vigia em imagem suave, no gelo
do nunca, no pedido: fique acordada, como eu. Eu
sei, como eu, não se faz o amor.

Unica Zürn (1916-1970) nasceu em Berlim, filha de uma
família burguesa. Casou-se cedo, teve cedo dois filhos que,
ao se separar do marido, foi impedida de visitar. Viveu
intensamente a vida boêmia da cidade até que conheceu
Hans Bellmer. Diz ela que eles se reconheceram na mesma

hora, feitos um para o outro. Bellmer já era um artista famoso, especialmente pela série de fotos intitulada *La Poupée*, nas quais uma boneca, feita por ele mesmo, aparecia desmembrada e com estranhos rearranjos, posições impossíveis, feito o corpo de quem cai do último andar. Zürn foi viver com Bellmer em Paris. Lá, incentivada por ele, começou a desenhar e a escrever as poesias anagramáticas. Nessa mesma época veio à tona o que foi classificado como esquizofrenia, e ela passou longas temporadas em clínicas psiquiátricas. Essa experiência ela relata no romance *O homem Jasmim*. Aos cinquenta e quatro anos, Unica Zürn se suicida jogando-se da janela do apartamento de Bellmer – seu corpo cai sem vida na calçada, ela a eterna Poupée.

POESIA E PROFECIA

Uma amiga me contou que costumava usar um livro da poeta Sophia de Mello Breyner Andresen como oráculo. Segundo ela, funcionava da seguinte forma: fazia-se uma pergunta, concentrava-se na pergunta e então abria-se o livro ao acaso. Depois, também ao acaso, sem olhar para o livro, pousava-se o dedo sobre a página. Pronto, ali estava a resposta. Me parece uma boa técnica. Escolho *O nome das coisas* (intuitivamente me parece ser um bom nome de oráculo) e faço a pergunta que fiz logo no começo deste livro: o que pode a literatura? Sophia, candidamente, me responde: "Cortaram os trigos. Agora / A minha solidão vê-se melhor".

PICASSO

Não deixa de ser interessante traçar a relação entre as vanguardas europeias e a arte de povos originários da África, América e Oceania. Em 2017, uma exposição no Musée du Quai Branly, em Paris, fez furor. Com o título *Picasso Primitif*, colocou obras de Picasso lado a lado com as esculturas, desenhos e outros objetos que, até não muito tempo atrás, eram chamados de "arte primitiva", ou seja, a arte produzida por povos fora da cultura ocidental, "fora da civilização". É impressionante a semelhança entre as peças, o quanto essa influência foi forte e essencial para que o grande artista criasse a sua obra. Aliás, Picasso era um grande colecionador desse tipo de arte. Fica a pergunta: o que define, o que dá à obra de Picasso o valor astronômico que ela tem e o que relega o trabalho "primitivo" ao rol das peças exóticas e de valor puramente etnográfico?

COMO ESCREVER UM ROMANCE SURREALISTA

À guisa dos antigos surrealistas, vou dar a minha própria receita, secreta até então, e que eu revelo apenas para os poucos e distintos leitores deste texto.

Ingredientes:
• um maço de 159 folhas brancas;
• uma caneta esferográfica azul e uma vermelha;
• cinco canetas marca-texto nas cores: amarelo, verde, rosa, lilás, azul e preto;

- penas de aves variadas;
- um copo de água de chuva em dia de sol;
- um crocodilo;
- um lenço estampado.

Modo de preparo:
Deixe todo o material pronto diante de você. Cubra bem os olhos com o lenço estampado. Pegue a caneta esferográfica azul e escreva em cada folha uma palavra (não é permitido repetir a palavra), depois pegue a caneta vermelha e escreva em cada folha um número (não é permitido repetir o número). Tire a venda dos olhos, pegue as canetas marca-texto e sublinhe cada palavra com a cor que lhe parecer mais adequada. Coloque tudo em ordem numérica crescente. Cada palavra é o tema do texto a ser escrito naquela folha. A cor do marca-texto indica o tom (amarelo – irônico; rosa – agressivo; verde – apaixonado; azul – indeciso; lilás – neutro). A palavra da folha número 1 será o título do livro. O crocodilo é o narrador, mantenha-o sempre próximo a você. Beba a água da chuva para chamar a inspiração. Agora é só escrever.

PANDEMIA

No meio da pandemia me pedem um conto sobre a pandemia. Não só isso, um conto sobre a pandemia que se passe em Berlim. E não só isso, um conto sobre a pandemia que se passe em Berlim e que tenha um tom fantástico. Eu respondo que não sou capaz de escrever sobre a pandemia. Tampouco sou capaz de escrever sobre qualquer outro assunto. Simplesmente não sou capaz de escrever. Quanto a Berlim, a cidade nunca esteve tão distante.

RESTITUIÇÃO

Encosto a testa no vidro, janela para lugar nenhum, fecho os olhos, lá dentro, do quarto, do corpo, da paisagem, a certeza que acabou. A realidade se infiltra na ficção, escrevo à mão, a lápis, jogo fora o caderno, única testemunha, rasgo para que não restem dúvidas, mas as palavras ainda me acompanham. O tempo passa num estranho ritmo, uma imperceptível aceleração, reorganizo as gavetas, ao abrir um envelope, cai uma foto antiga. Na Berlim de vinte anos atrás eu cubro o rosto com as mãos, rio, na mão esquerda um anel de prata com uma pedra azul, lápis-lazúli? A pedra parece olhar para a câmera, eu sempre gesticulei demais, aquele último momento, logo depois num gesto cotidiano, eu sempre gesticulei demais, o anel foi catapultado para as profundezas do Landwehrkanal sem profundezas, nas águas de inverno, um pato se apressou e engoliu o anel, eu fiquei olhando incrédula, debruçada na ponte, o pato foi embora rio abaixo, córrego?, de tempos em tempos penso no destino do anel, pato-rio-abaixo, um dia alguém num almoço de domingo ou o pato comido por outro bicho, comido por outro bicho, mas, hoje, me obrigo a uma narrativa diferente, no estômago de uma ave sobrevoando o Atlântico, mais ao sul, cada vez mais ao sul, em seu corpo, um anel que volta à terra, ao estômago da montanha onde um dia foi gestado, por alguns anos enfeitou os meus dedos, coloco as mãos sem anéis sobre o vidro da janela, do outro lado o tempo que nunca passou. As coisas exigem sua restituição. A ficção se infiltra na realidade. Palavras mágicas incrustadas na terra.

O LEGADO DE SANCHO

A ILHA DESERTA

Que livro você levaria para uma ilha deserta? Essa é uma pergunta que sempre me fascinou – de certa forma ela reúne dois temas que fazem parte do meu imaginário: livros e ilhas. Cheguei inclusive a escrever um romance cuja história se passa numa ilha, o *Paisagem com dromedário*. Curiosamente no Brasil nunca ninguém me perguntou que ilha era aquela, já na Alemanha, onde o livro foi traduzido, essa era a pergunta que todos faziam. Fiz eventos para falar apenas sobre essa ilha, e o ápice foi quando uma revista de turismo fez uma matéria falando sobre o meu livro. Talvez os alemães tenham mais interesses geográficos, ou talvez no Brasil as pessoas não se deixem impressionar muito por ilhas, já que no imaginário o próprio país seria uma imensa ilha, inclusive no próprio nome: Terra Brasilis (em alusão a Hi-Brazil, a ilha mítica-paradisíaca que, localizada em algum lugar próximo à costa irlandesa, se tornaria visível de sete em sete anos), ou ilha de Vera Cruz, primeiro nome dado por Cabral. Mas voltando à pergunta do início, ela nos obriga a uma escolha definitiva. Nós, uma espécie de Robinson Crusoé, nos vemos obrigados a escolher uma única companhia. E, ao mesmo tempo, essa única companhia pode se mostrar várias, já que o livro se transforma à medida que se transforma o leitor. E nos faz, mesmo que por algumas horas, esquecer nossa profunda solidão.

SOLIDÃO

Eu fui uma criança solitária. Lembro da angústia na hora do recreio, a timidez. E a constante sensação de ter entrado na história errada – um roteiro com falas que não eram minhas, um personagem com o qual eu não me identificava. E da alegria ao descobrir o que se transformaria no meu maior refúgio em todos aqueles anos: a biblioteca. Assim, o sentimento de inadequação foi se transformando numa ferramenta, num apoio, numa possibilidade e, depois, já adulta, num modo de vida. Lembro de cenas da minha infância. As mais fortes não são vivências "reais", mas literárias, como uma passagem em que Mary Poppins leva as crianças para tomar chá com o seu tio e eles começam a rir, o que faz com que todos flutuem, ou a menina que leva tudo o que precisa numa bolsa amarela, enquanto não vira adulta, e o galo, seu amigo, que mora na bolsa amarela. Histórias que fazem parte de mim, da minha própria história, e histórias que compartilho com tantas outras pessoas numa espécie de comunhão silenciosa. Assim, a literatura nos afasta do mundo ao mesmo tempo que nos reintegra a ele, tornando-o mais compreensível e suportável.

A BIBLIOTECA DE BABEL

Amamos a literatura. Escrevemos literatura, escrevemos livros sobre literatura, discutimos acaloradamente o que é ou não literatura. Enfim, a literatura nos parece elemento indispensável da nossa identidade, da formação de um povo e inclusive do próprio universo, como em "A Biblioteca de Babel", o universo contido numa biblioteca infinita (talvez). Mas seria essa biblioteca feita necessariamente de livros, palavra escrita? Seria essa biblioteca uma biblioteca, com os hexágonos cheios de prateleiras como imaginou Borges? É curioso como facilmente esquecemos os seguintes fatos: as culturas orais correspondem a 98% da história do ser humano. Há pouco mais de 500 anos, quando os europeus chegaram às Américas, a maior parte dos povos do continente era ágrafa – até os dias atuais existem inúmeras sociedades que têm a oralidade como base principal de sua cultura. Mais alguns dados: a invenção da escrita, se considerarmos a Suméria como seu berço, tem apenas 5 mil anos; o papel foi inventado na China 100 anos depois de Cristo. Os livros eram raros e destinados a umas poucas castas até, em 1439, Gutenberg desenvolver um sistema mecânico de tipos móveis, que tornou possível a produção em massa de livros impressos. Quanto ao romance (no sentido moderno), trata-se de uma manifestação que se estrutura com o surgimento da burguesia. Para alguns ele surge na Inglaterra do século XVIII, para outros, tem como marco o *Dom Quixote*; em termos históricos, coisa de poucos dias atrás.

O BRASIL ANTES DO BRASIL

Outro aspecto é nossa tendência a considerar culturas letradas, ou seja, que dominam a escrita, como culturas mais desenvolvidas que as demais. Talvez o problema esteja na própria palavra "desenvolvimento", que podemos colocar junto a uma outra, também muito usada: "progresso". Assim, desenvolvimento e progresso marcariam o caminho da humanidade que teria saído de um primitivismo selvagem, passado pelos caçadores e coletores, vivenciado a revolução agrícola e depois o Iluminismo e depois a Revolução Industrial e depois a Modernidade até cair no presente auspicioso no qual vivemos e rumo a um futuro ainda mais brilhante. Segundo essa ideia (infelizmente não tão incomum), todos os povos estariam, alguns mais adiante, outros mais atrasados, nessa marcha sem fim que seria a característica natural de toda a humanidade, como uma criança que nasce tábula rasa, aprende a caminhar, depois a falar, depois a escrever e fazer cálculos até se tornar um adulto cheio de sabedoria. Seguindo essa lógica, povos sem escrita seriam nada mais nada menos do que povos infantis, num estágio inicial de desenvolvimento e que em algum momento da história entrariam, enfim, na turma de alfabetização. Por ocasião da chegada de Cabral, no território que depois chamariam Brasil, ao menos a partir do que se sabe, todas as culturas eram ágrafas – muitas dessas culturas com uma tradição oral que remete a mais de 20 mil anos. Grande parte desse conhecimento se perdeu sob o manto da longa noite dos 500 anos.

ORIGEM

Talvez a minha solidão na infância venha da sensação de não pertencimento que tanto me marcou. Por muito tempo achei que era uma questão de identidade – quem sou eu se não sou isso nem aquilo? Com a literatura essa pergunta foi se respondendo pouco a pouco: eu não sou, eu escrevo, e ao escrever crio a mim mesma, este meu personagem. Porém, com o passar do tempo e talvez com as mudanças no *Zeitgeist*, a pergunta foi adquirindo outras nuances: de onde eu venho, de que leituras, de que tradições? Quem escreve antes de mim, Cervantes? É comum me perguntarem se eu sou descendente de Cervantes, e eu sempre respondo, de brincadeira, que sim. Mas, por outro lado, há todo esse lado desconhecido, eu, muito mais "mestiça" e muito menos Cervantes. Esses dois universos que se chocam – como é carregá-los no próprio corpo? Que silêncios vivem em mim?

HISTÓRIA DA ESCRITA

Em *O mundo da escrita: como a literatura transformou a civilização*, Martin Puchner traça um panorama da história da literatura e a divide em quatro fases: na primeira, poucos escribas dominam o complexo sistema de escrita e compilam histórias, quase sempre religiosas, da tradição oral, como o Gilgamesh ou a Bíblia hebraica; numa segunda etapa, esses textos fundamentais passam a ser atribuídos (mesmo que de forma indireta) a figuras como Sócrates, Buda ou Jesus Cristo; numa terceira etapa surgem os autores individuais, resultado da tecnologia que tornou a escrita mais acessível, e é nesse momento que surgem também novos gêneros, como o romance, por exemplo; e, por último, a produção em massa que torna a literatura acessível para um número de pessoas antes impensável, como é o caso de jornais e revistas. E, claro, podemos acrescentar uma quinta etapa, a revolução tecnológica que trouxe a literatura para celulares e computadores, mas isso é ainda terra incógnita.

O NASCIMENTO DO ROMANCE

O romance é um gênero que até hoje causa uma série de discussões, na maioria das vezes relativas à sua morte. A morte do romance vem sendo anunciada desde o início do século XX, mas até agora ele parece resistir bem, apesar dos funestos presságios – veremos como se sairá nas próximas décadas deste século que se inicia. Mas não é sobre a morte do romance que eu quero falar, e sim sobre o seu nascimento, seu início, também envolto em polêmicas. Para alguns o romance surge no ano 1000 d.C., com *Genji Monogatari*, escrito por uma mulher, Murasaki Shikibu, apesar de não se ter certeza sobre a sua autoria ou se se trata realmente de uma única pessoa. Para outros, o primeiro romance, no sentido de um romance moderno, surge com *Dom Quixote* no século XVII, e ainda há quem considere que esse início se dá somente na Inglaterra do século XVIII, com o romance epistolar. Pessoalmente, me inclino pelo *Dom Quixote*, que, apesar de não incluir ainda o narrador em primeira pessoa, funciona quase como um Aleph do romance, ponto para onde tudo converge, e, se analisarmos a narrativa e sua estrutura, veremos que tudo o que se fez depois já estava ali: o romance dentro do romance dentro do romance, o narrador não confiável, o personagem leitor, o original para sempre perdido e assim por diante. Sem esquecer que o personagem é, mais do que tudo, uma ponte entre um mundo que acaba e outro que surge: o mundo moderno.

O NASCIMENTO DO SUJEITO

O nascimento do romance moderno está relacionado ao nascimento do sujeito como o conhecemos hoje. Não é nenhuma surpresa, já que a arte e a literatura acompanham o movimento da sociedade. Mas que sujeito seria esse?

Assim ele nasce, cresce e se reproduz (morre?): o Renascimento, a expansão colonial (que ao saquear as colônias permite a Revolução Industrial), o surgimento da burguesia, em especial, da família burguesa, calcada na figura do pai e da propriedade, que nos separa uns dos outros pela porta de casa, por um muro, e às vezes um cão feroz e até uma arma. A sagrada propriedade individual, o sagrado proprietário, o senhor burguês, dono de tudo o que se encontra em suas terras: sua mulher, seus filhos, seus serviçais, seu cachorro. E para que haja propriedade é necessário que haja proprietário, e para que haja proprietário é necessário que haja um sujeito, um indivíduo separado de todo o resto, separado de tudo aquilo que não seja o seu pequeno castelo. Com medo (de ter seus "pertences" roubados), agressivo e profundamente solitário.

O CAVALEIRO DA TRISTE FIGURA

Cervantes narra a história de Alonso Quijano, um nobre de baixa patente que, de tanto ler romances de cavalaria, enlouquece e, convencido de ser um cavaleiro andante, sai por aí em busca de aventuras: matar dragões, lutar contra moinhos de vento, salvar donzelas. Ele chega nos lugares e espera, imagina deparar-se com eventos fantásticos, gigantes, encantadores, porém os demais personagens riem dele, da sua loucura que se resume a não ser capaz de diferenciar a fantasia da realidade. Não por acaso, *Dom Quixote* aponta para o início da primazia do romance realista. Há aqui uma clara disputa de narrativas – a narrativa do fantástico (que perdera espaço no Renascimento) e a narrativa realista como a conhecemos. Paralelamente a isso, trata-se também do surgimento do sujeito burguês. O romance moderno é antes de tudo um gênero burguês, no qual essa nova subjetividade pode se expressar. Uma de suas principais técnicas é o monólogo interior, através do qual o leitor passa a ter acesso aos pensamentos do personagem. Algo que hoje pode parecer muito normal, mas que nem sempre foi. Na Antiguidade, assim como na Idade Média, os personagens não representavam um indivíduo específico, mas uma ideia ou um ideal: seja Ulisses, seja o Rei Arthur. Nesse sentido, Dom Quixote é o personagem no meio do caminho, personagem-ideia num mundo em que não havia mais lugar para ele.

PRIMEIRA AVENTURA

O monólogo interior ainda não existe no *Quixote*; vai surgir somente no romance inglês do século XVIII. Quando ele sai em sua primeira aventura, ainda sem Sancho, só lhe resta o solilóquio, feito um ator que fala para uma plateia invisível. Por isso, logo na segunda aventura, já o acompanha o seu fiel escudeiro, Sancho Pança, um camponês de pouca cultura e, principalmente, analfabeto. Esse recurso permite, em primeiro lugar, que Dom Quixote fale, e ele fala sem parar. Mas não só isso, traz para a cena a metáfora do choque de um tempo que acaba (sem nunca acabar) e outro que se inicia: o tempo da oralidade e o tempo da escrita.

SANCHO: O NÃO LEITOR POR EXCELÊNCIA

Assim, temos essa curiosa dupla, formada pelo homem que enlouqueceu de tanto ler e um analfabeto. Sancho nada sabe sobre os romances de cavalaria, livros que obviamente nunca leu, e talvez seja esse o motivo de muitas vezes não ser capaz de reconhecer a loucura do amo. Sancho, ao contrário dos outros personagens, fica em dúvida. O episódio dos moinhos de vento é a mais famosa dessas aventuras. Dom Quixote argumenta, você acha que são moinhos porque os encantadores fazem você enxergá-los assim – não acredite no que os seus olhos veem. À primeira vista parece loucura, pensa Sancho, mas quem sabe, como ter certeza de que os moinhos de vento são mesmo moinhos de vento? Talvez existam realmente os encantadores. Sancho duvida. Sancho acredita num mundo regido por outras forças que não as da razão. Na lógica do livro, isso se deve ao fato de ele estar fora do registro da escrita. E justamente por isso ele é o melhor leitor do Quixote, capaz de ler o amo e seu discurso e a verdade em sua loucura. De forma indireta ele termina por assumir o discurso dos livros de cavalaria. Sancho Pança é mais do que um leitor, ele é um ouvinte (que remete ao ouvinte da narrativa oral) e um observador perspicaz da (ir)realidade.

WALTER BENJAMIN

Walter Benjamin, no texto "O Narrador. Considerações sobre a obra de Nikolai Leskov", fala justamente da transição da cultura oral para a letrada: "O primeiro início da evolução que vai culminar na morte da narrativa é o surgimento do romance no início do período moderno. O que separa o romance da narrativa (e da epopeia no sentido estrito) é que ele está essencialmente vinculado ao livro." A difusão do romance só se torna possível com a disseminação da imprensa. Ou seja, a invenção dos tipos móveis por Gutenberg traz para a sociedade ocidental uma transformação significativa em que a principal forma de transmissão de conhecimento (e de narrativa) passa a ser a palavra escrita e não mais a oral.

RICARDO PIGLIA

Sobre o encontro entre Dom Quixote e seu escudeiro, diz Ricardo Piglia: "Bastaria pensar em Dom Quixote e Sancho, naquela milagrosa decisão de Cervantes que, logo de saída, traz aquele que não lê. (...) Esse encontro (...) funda o gênero. É preciso dizer que nessa decisão, que confronta leitura e oralidade, está todo o romance." A partir da perspectiva que sugere Piglia, é possível pensar os personagens como símbolos de uma transição que já vinha acontecendo há um tempo, mas que se intensificava na época, que é a passagem da cultura oral para a letrada, e que significava também a passagem do ouvinte para o leitor. Sobre as mudanças na função da leitura, Asun Bernárdez faz uma detalhada análise em seu livro *Don Quijote, el lector por excelencia* e esclarece aspectos importantes para compreender essa transformação: "Historicamente, a leitura surgiu como uma anomalia dentro de uma cultura eminentemente oral (...)." Ou seja, a leitura do texto escrito surge em oposição à oralidade: declamar, recitar, decorar. É interessante lembrar que, por muito tempo, o texto escrito foi visto com maus olhos, já que incentivaria a preguiça em detrimento da memória e do verdadeiro saber. "A leitura como prática variou substancialmente ao longo da história. Na Antiguidade clássica, Homero era lido como uma enciclopédia de conhecimentos que se estudava de cor."

OUTRAS PALAVRAS

O domínio da escrita nos permitiu nos equilibrarmos por cima de um saber acumulado da civilização. Por outro lado, nos tirou o exercício de outros saberes, como o da memória. Para se ter uma ideia, basta um exercício de fabulação. Imaginemos que não temos mais acesso a livros, computadores, lápis e papel ou a qualquer outra forma de escrita. Como seria nossa relação com a memória, com os números, com o saber das gerações anteriores? Como e o que ensinaríamos às crianças? Talvez valha a pena começar imaginando o que perderíamos; perderíamos em primeiro lugar a capacidade (imensa) de armazenamento de informação. O que significa o poder de armazenar o passado. Estaríamos assim à mercê da nossa própria memória e da memória daqueles que vivem no mesmo espaço-tempo que nós? De certa forma sim, de certa forma não. Estaríamos à mercê da memória, é verdade, mas a memória armazena não somente nossas próprias experiências, mas também as experiências e saberes dos nossos antepassados. Assim, cada pessoa do grupo se tornaria extremamente valiosa e ficaria cada vez mais com o passar do tempo, já que iria acumulando através dos anos cada vez mais conhecimentos. Não por acaso, nas culturas ágrafas os anciãos são considerados a maior riqueza da comunidade, e, quando morre um deles, algo desse saber desaparece. Outro aspecto que perderíamos seria a palavra escrita enquanto principal forma de conhecimento, e na falta dela seríamos obrigados a prestar atenção a outras possibilidades, entre elas o próprio corpo, as narrativas do corpo. Que conhecimento é esse que carregamos no corpo e em suas marcas? E não só o nosso próprio corpo, mas também os de outros, humanos e não humanos. O que, por exemplo, nos narram os animais e as plantas? Ouvindo-os, talvez assim nos livrássemos do costume de dividir o mundo entre nós, sujeito, e o outro, objeto, este sempre reduzido à mudez, pronto apenas para uso e descarte. O que aconteceria se de um momento a outro nos víssemos obrigados a outras narrativas, outras palavras? Obviamente ninguém quer excluir a escrita e a leitura, não é disso que se trata, mas de pensar nas possibilidades não vividas e, quem sabe, trazê-las à tona no fazer literário e na própria literatura.

TRENG-TRENG Y KAI-KAI

Quase todos os povos têm mitos relacionados a um dilúvio; no continente americano é uma constante. No caso dos Mapuche, trata-se da luta entre duas serpentes: a serpente do mar Kai-Kai e a serpente da terra Treng-Treng. Após uma longa luta entre elas, morrem quase todos os Mapuche, com exceção de um homem velho, uma mulher velha, um homem jovem e uma mulher jovem.

São eles que tornarão possível um novo povo Mapuche. Me chama a atenção essa conjunção que representa o conhecimento dos ancestrais: a cultura, somada à força física dos jovens. A continuação.

MORTE

Quando Dom Quixote morre, ou pouco antes de morrer, ele recobra a sanidade. Admite que tudo aquilo fora um descalabro. É um dos momentos mais tristes da literatura e, talvez, da nossa própria história.

ORALITOR

Elicura Chihuailaf é um dos principais escritores Mapuche, e sua escrita está diretamente ligada à resistência. Ele se define como um "oralitor", ou seja, um escritor que tem como fonte principal a oralidade de seu povo, a memória dos ancestrais. Mas o que seria a oralitura? Em que sentido ela se contrapõe à literatura? Como resposta, apresento as suas próprias palavras:

"A literatura em geral, quando se transforma em artifício, se desprende totalmente da fonte e se torna imaginação pela imaginação. Claro que ela vem de algum lugar, mas às vezes até nega o substrato que a fonte lhe dá. Mas, no nosso caso, não. Percebemos, enfatizamos o fato de que nossa escrita é a memória de nossos ancestrais, mas recriada a partir de nossa experiência de hoje." Isto é, uma literatura que tem consciência de que as histórias não surgem da vivência de um único indivíduo (o gênio em sua torre de marfim), mas que este apenas as cristaliza, as incorpora e transforma a partir da própria experiência; uma literatura menos autocentrada, menos narcísica, que compreende que tudo, inclusive as narrativas, possuem genealogias.

MAGRO COMO UMA LETRA

Em *As palavras e as coisas*, Foucault compara Dom Quixote a um grafismo: "Ora, ele próprio é semelhante a signos. Longo grafismo magro como uma letra, acaba de escapar diretamente da fresta dos livros. Seu ser inteiro é só linguagem, texto, folhas impressas, história já transcrita." Um Quixote que tem como substância a própria palavra escrita, filho dessa escritura, não só por se tratar do personagem de um livro, mas também porque seu desejo é permeado pelas leituras que fez.

UM MUNDO POSSÍVEL

A socióloga e ativista boliviana Silvia Rivera Cusicanqui desenvolveu o conceito de *ch'ixi*. A ideia surge a partir das conversas de Cusicanqui com o escultor aymara Victor Zapana. Ele lhe explica o significado de *ch'ixi*, do aymara, uma mistura de cores que é mistura só na aparência – trata-se mais da justaposição de cores opostas e igualmente fortes que permanecem lado a lado criando a ilusão de uma terceira cor. Como um granito, que de longe parece cinza, mas ao nos aproximarmos mostra-se uma composição de pequenos pontos em branco e preto. Assim uma cor cinza *ch'ixi* junta dois opostos sem que estes jamais se misturem. Cusicanqui aplica esse conceito como um contraponto às ideias antigas de *mestizaje* e também a outra muito em voga nos anos 1980 e 1990, que é o multiculturalismo. Nesse sentido, o *ch'ixi* seria o oposto da miscigenação, da ideia do mestiço como o produto de culturas que se misturam nele e desaparecem, originando uma outra (no caso, desgarrada de sua origem indígena e visando o branqueamento). No livro *Un mundo ch'ixi es posible: ensayos desde un presente en crisis*, diz Cusicanqui: "Surge como uma metáfora que me foi comunicada por um escultor aymara – Victor Zapana – falando de animais como a cobra ou o lagarto, que vêm de baixo, mas também são de cima, são machos e também fêmeas. Ou seja, eles têm uma dualidade implícita em sua constituição. E essa me pareceu uma metáfora muito boa para explicar um tipo de miscigenação que reconhece a força de seu lado indígena e a potência para equilibrá-la com a força do europeu. Longe de fusão ou hibridismo, trata-se de conviver e habitar contradições. Não negando uma parte ou outra, nem buscando uma síntese, mas admitindo a luta permanente em nossa subjetividade entre o índio e o europeu."

Cusicanqui nos oferece, através de uma premissa teórica, uma possibilidade de reorganizar a própria identidade, seja ela étnica, cultural ou de gênero. O *ch'ixi* reflete um indivíduo obrigado a viver na contradição, no caso, ser filho de um genocídio cultural e étnico, uma violência que carrega no próprio corpo, na memória ancestral do corpo e, ao mesmo tempo, ter em suas veias o sangue e o idioma do colonizador. É dessa contradição, e justamente habitando essa contradição, que talvez seja possível coexistir e habitar o mundo e a si mesmo. Trazendo essa ideia para a literatura, não mais uma literatura que nega uma série de aspectos relativos à fantasia, à oralidade, às raízes indígenas ou africanas, a estéticas não eurocêntricas, mas uma literatura que integra. Não com o objetivo de construir um híbrido, uma "nova literatura" hegemônica, mas, ao contrário, uma literatura na qual os opostos, os diversos grupos, etnias e visões de mundo coabitam a palavra.

POR UMA LITERATURA EXPANDIDA

NO INÍCIO ERA O TEATRO

Quando a minha filha era pequena e mal havia começado a falar, uma de suas brincadeiras preferidas era reproduzir, como num teatro, o momento em que eu saía para trabalhar (o que no meu caso era ir para o quarto ao lado). Todos os dias, por algumas horas, eu me fechava no quarto ao lado, também chamado de "meu escritório", onde escrevia o romance que depois se chamaria *Com armas sonolentas*. Esse momento da despedida sempre causava uma crise de choro e todo tipo de reclamação. Ela, claro, não queria que eu fosse. Eu me lembrava do texto de Freud sobre *fort/da* onde ele mostra que, para a criança dessa idade, a mãe quando sai desaparece literalmente, porque o que não está no seu campo de visão simplesmente não existe. Faz sentido. Eu então para acalmá-la lhe dizia, mamãe vai trabalhar, mas volta logo, e outras variações daquelas palavras. Em geral, não serviam para muita coisa – minha filha continuava chorando e eu ia mesmo assim, sentindo-me profundamente culpada. Algumas horas depois, eu finalmente voltava, e a minha chegada era acompanhada por uma série de expressões de júbilo e celebrações, beijos, abraços, como se eu, por um milagre, tivesse acabado de voltar do além. Era o nosso ritual. Até que um dia ela me pediu que brincássemos de "mamãe vai trabalhar". E a brincadeira consistia em: ela era a mamãe, pegava uma bolsinha de brinquedo e se despedia de mim; antes de se despedir, me explicava, eu sou a mamãe e você é o bebê. Eu concordava e ela se despedia, tchau bebê!, e ao perceber que eu não entendera ainda a brincadeira, com expressão de impaciência completava, agora você chora. Eu então obedecia e chorava copiosamente. Ela se aproximava de mim e me dizia mamãe vai trabalhar, mas volta logo, fazia um carinho na minha cabeça, dava um beijo na minha testa e, a seguir, com sua bolsa a tiracolo, saía do quarto. Um minuto depois, ela voltava, parava na porta, me lançava um olhar sorridente e anunciava: mamãe voltou! Eu a recebia com expressões de júbilo e celebrações e nos abraçávamos como se não nos víssemos há séculos. A brincadeira se repetia inúmeras vezes e exigia que trocássemos os papéis constantemente, às vezes eu era a mãe, noutras a filha.

Conviver com criança nos dá uma chance única de enxergar as coisas sob outra perspectiva e, com sorte, entender aspectos da vida e da arte que até então haviam passado desapercebidos. O que nossa brincadeira me mostrava era que aquela representação, podemos chamar de "teatro", tinha o poder de aplacar a angústia que ela sentia ao me ver desaparecer sem saber quando eu voltaria e se voltaria. Não só isso, permitia que ela compreendesse o mundo e como agir nesse mundo, pois aquele pequeno teatro lhe ensinava o que era ser ela mesma, o que significava estar no meu lugar, compreender que eu não desaparecia de verdade quando ia trabalhar e, principalmente, olhar para si mesma, para a própria dor, e consolar-se ao mesmo tempo que me consolava. Resumindo, o efeito era imenso, profundo e variado, e nos permitia (a mim também) sentir-nos menos desamparadas.

O curioso é que aquilo não era uma imitação de algo que eu costumasse fazer, mas algo instintivo dela, que surgiu assim que começou a falar. E, obviamente, essa capacidade de fabulação não se trata de um mecanismo só dela, mas de todas as crianças. Para mim, acompanhar a infância da minha filha tem servido para repensar os meus conceitos sobre o que é arte, o que é literatura e, principalmente, para que serve. Talvez observar uma criança brincando possa nos oferecer respostas muito mais interessantes do que os livros, a teoria e a própria razão. Talvez brincadeira e arte não sejam movimentos tão distantes um do outro – eu suspeito que são a mesma coisa, e que aquilo que chamamos arte e literatura nada mais são do que o brincar dos adultos.

MAS O QUE É LITERATURA?

Essa é a típica pergunta que quando feita em sala de aula deixa a maioria em silêncio e claramente nervosa. Afinal, o que é literatura? Sinônimo de uma narrativa de caráter ficcional? Estaria atrelada à palavra escrita? Um poema declamado e nunca escrito seria por isso menos literatura? Estaria atrelada a algum tipo de formato como poesia, romance, contos? Ou dependeria muito mais do leitor do que do texto em si? Literatura seria simplesmente tudo aquilo que se lê como literatura? Mas, se por um lado trata-se de um conceito de difícil definição, por outro, costumamos ter uma ideia muito clara do que é. Literatura é aquilo que nos obrigam a ler na escola, um texto escrito com valor estético. Ponto final. Talvez devêssemos começar com o conceito de valor estético: quem define esse valor? É dado por algum ser divino? Pelas musas? Pela sociedade? Tirando possíveis influências místicas no processo criativo, e não as recuso, a definição do que é ou não literatura é dada pela sociedade. O problema é que muitas vezes esquecemos que a sociedade que dá valor a certas obras não é a mesma sociedade de outras culturas, ou até mesmo do vizinho da esquina. Ou seja, parece óbvio dizer, mas tem de ser dito: literatura é algo definido por uma sociedade específica num tempo específico, destinado a um público específico. Nesse sentido, a literatura da forma como nós a vemos é um texto escrito com valor estético definido por nós. Mas quem somos "nós"?

ARTE NAÏF

No Rio de Janeiro havia um museu de arte naïf, ficava no Cosme Velho. Eu gostava muito do lugar, um casarão tranquilo com um jardim, um café, uma rota de fuga em plena rua das Laranjeiras. Mas havia uma coisa que sempre me intrigava: a arte naïf. E especialmente o adjetivo *naïf*, que significa "ingênuo, pueril". O artista naïf caracterizaria-se por sua falta de formação acadêmica, por sua espontaneidade e por sua "ingenuidade". O artista naïf é aquele que vende o seu trabalho nas ruas, nas praças, vende para comer, para pagar as contas básicas, para comprar tintas. Não quero fazer aqui uma análise crítica, mas apenas chamar atenção para o fato de o sistema ter criado uma categoria específica para designar a arte que não passa pelo cânone, pelas escolas de belas-artes e, de certa forma, pelo próprio mercado, que paga por uma obra considerada naïf o valor das pequenas coisas, bonitas, alegres, mas sem um verdadeiro valor de obra de arte. Como uma espécie de arte menor, interessante, mas menor, uma arte do povo, de gente sem formação, de gente simples, diriam alguns. Assim, o sistema cria categorias para classificar o que diz respeito a "nós" e o que diz respeito aos outros.

CAROLINA MARIA DE JESUS

Por muito tempo se discutiu se a literatura feita por uma mulher "favelada" e sem domínio formal da palavra escrita era literatura. Até pouco tempo atrás alguns críticos afirmavam que não, que se aquilo era literatura então qualquer coisa era literatura. Carolina Maria de Jesus, uma mulher vinda da mais profunda miséria, conseguira estudar o suficiente para aprender a ler e escrever e encontrara lugar na literatura. Seu romance *Quarto de despejo – diário de uma favelada* foi um grande sucesso de vendas, traduzido para vários idiomas. Curiosamente, apesar das vendas altíssimas, não só no Brasil como no exterior, Carolina morreu pobre e esquecida. Talvez isso nos dê algumas pistas. Uma Carolina que só poderia ser vista como uma escritora *naïf* – "que interessante sua história de vida, uma catadora miserável que escreve livros, vamos chamá-la para uma entrevista", um caso curioso, mas na hora de dar-lhe os louros, os prêmios, o que vinha era apenas o silêncio. Assim, ser Carolina Maria de Jesus era ser uma pessoa insólita, capaz de vender jornais (e até livros) por sua história e não devido à sua literatura. Para muitos, algo de valor meramente testemunhal, mas não estético. Mas por quê? Essa é a pergunta. *Quarto de despejo*, justamente por não se ater à norma (mas que norma seria essa?), permite à autora criar a sua própria sintaxe, sua própria (belíssima) estética. Dou como exemplo o início do livro: "15 de julho de 1955. Aniversário de minha filha Vera Eunice. Eu pretendia comprar um par de sapatos para ela. Mas o custo dos gêneros alimentícios nos impede a realização dos nossos desejos. Atualmente somos escravos do custo de vida. Eu achei um par de sapatos no lixo, lavei e remendei para ela calçar. Eu não tinha um tostão para comprar pão. Então eu lavei 3 litros e troquei com o Arnaldo. Ele ficou com os litros e deu-me pão. Fui receber o dinheiro do papel. Recebi 65 cruzeiros. Comprei 20 de carne, 1 quilo de toucinho e 1 quilo de açúcar e seis cruzeiros de queijo. E o dinheiro acabou-se". Com a sucessão de frases curtas ela recria o desespero, a falta de ar e a necessidade de seguir em frente. Ler em voz alta nos transporta a uma experiência estética (e emocional) única. Por que Carolina Maria de Jesus não entrou para a ABL, por que ela não ganhou prêmios, por que ela nem mesmo conseguiu ficar com o dinheiro que ganhou? Fica a frase, cruel e sintomática, ouvida não muito tempo atrás: "ah, mas se isso é literatura então agora tudo é literatura".

LITERATURA INDÍGENA

Nos últimos anos a literatura indígena tem se tornado cada vez mais presente, apesar de ainda estar submetida a um estranho fenômeno: no Brasil ela é lida pelo mercado como literatura infantil ou infantojuvenil, ao menos em grande parte – basta fazer uma análise do que vem sendo publicado. Me parece importante a classificação "literatura indígena", pois apesar do caráter generalista (não há uma única cultura indígena), funciona neste caso como um agregador importante de uma minoria que luta pelos seus direitos e pela sua sobrevivência. Já a categorização em "literatura infantil ou infantojuvenil" me parece uma espécie de marginalização, uma outra categoria *naïf*. Me pergunto: por que a narrativa de mitos indígenas seria algo somente para crianças? Claro está que isso é também resultado de necessidades do mercado, de políticas do governo para as escolas, mas não deveríamos ir além disso? Porque quando Daniel Munduruku escreve *O Karaíba: uma história do pré-Brasil* e recria ficcionalmente um mundo indígena anterior à chegada dos europeus, ele está colocando palavras num país que para nós nunca existiu e, ao permitir que imaginemos esse passado anterior, nos dá a chance de repensar o presente, quem somos e quem queremos ser. Algo que não interessa apenas às crianças, mas a todos nós.

LITERATURA INFANTIL

Depois que me tornei mãe e fui conhecendo melhor a literatura infantil, cada vez mais me convenço que os bons livros infantis são também e principalmente literatura para adultos. Basta pensar em obras que abordam questões centrais da humanidade, como *Momo e o senhor do tempo*, de Michael Ende, ou grande parte dos livros de Lygia Bojunga, uma das grandes autoras brasileiras, mas infelizmente pouco celebrada, considerando a importância da sua obra. Talvez virar adulto nada mais seja do que desaprender o que sabíamos. Assim, talvez devêssemos nos reaproximar desse saber da infância e não o contrário. A grande literatura infantil é antes de tudo grande literatura. Às vezes me pego, a voz embargada, lendo para a minha filha. Outro dia foi a história de Frederick, um rato que, ao contrário dos demais, que armazenam comida para o inverno, armazenou paisagens, sons, lembranças, raios de sol. Assim, quando o pior do inverno chega e não há mais o que comer e nem o que dizer, Frederick, diante do silêncio da morte que se aproxima, recita um poema e torna aquele instante cheio de luz e vida. Minha voz embarga, uma lágrima corre pelo meu rosto. Minha filha me olha meio risonha e diz, mamãe, não é pra tanto, não é pra tanto.

CÂNONE

Assim, volto à pergunta inicial: quem somos "nós" que definimos o que é literatura? Esse nós que define o chamado cânone. Que instâncias são essas? As universidades? A mídia? As editoras? O mercado? O governo? Os prêmios literários? Um pouco de tudo certamente, mas é necessário olhar para essas diversas instituições, elas não estão isoladas umas das outras – ao contrário, elas dialogam entre si. Assim como aqueles que detêm o poder, aqueles que têm voz nesse diálogo. Quem são essas pessoas, o que elas têm em comum? De que hegemonia se trata? Como ela surge? Enfim, todas essas perguntas para chegar ao seguinte ponto: é importante repensar quem somos nós, quem fala por nós, quem decide por nós e, principalmente, quem define quem devemos ser (e quem devemos ler), para, assim, sermos capazes de pensar uma literatura mais ampla, mais livre, mais aberta a outras vozes, outras escritas, outras linguagens, outras histórias. Mas não só isso. Não basta incluir outras histórias, como fazemos algumas vezes: ah, que interessante aquele autor, ele tem uma história de vida tão instigante, forte, diferente, ele é tão representativo de sua cor, pertencimento social, sim, que maravilha! Não, na busca por diversidade não basta incluir outras vozes, é necessário dar um passo além, e esse passo é voltar à nossa definição inicial que nos fala em "texto escrito com valor estético" e repensar a ideia de "valor estético". Em outras palavras, é necessário uma literatura que abranja não só outras histórias, mas principalmente outros valores estéticos, dando-lhes o mesmo peso e importância, mesmo que eles pareçam estranhos ou indecifráveis ou não tão belos (porque narciso, nós sabemos...).

ACESSO À EDUCAÇÃO

É claro que, permeando a questão do cânone, está o acesso à educação e a todos os demais direitos básicos: saúde, alimentação, moradia etc. Porque sem direitos básicos não há literatura, porque com fome, frio, violência e miséria não há literatura. Por isso, a desconstrução do cânone é um processo que exige, paralelamente, uma reconstrução da sociedade. Sem isso, a literatura será sempre um eco do poder, sem jamais assumir toda a extensão de sua beleza e humanidade.

POR UMA LITERATURA EXPANDIDA

Antonio Candido em seu ensaio "O direito à literatura" nos dá a seguinte definição: "Chamarei de literatura todas as criações de toque poético, ficcional ou dramático em todos os níveis de uma sociedade, em todos os tipos de cultura, desde o que chamamos folclore, lenda, chiste, até as formas mais complexas e difíceis da produção escrita das grandes civilizações." Isto é, uma literatura que extrapole as chamadas "formas complexas e difíceis da produção escrita das grandes civilizações", e não como uma categoria à parte, sob títulos reducionistas como "folclore", "naïf", "popular". Uma literatura que inclui o cotidiano, a oralidade, os mitos, a pintura e o próprio corpo. E para além de uma estética definida por grupos de poder: Estado, universidades, mercado etc.

LA VIDA ES SUEÑO

A vida onírica que já teve o poder de decidir uma guerra hoje em dia é só um aspecto curioso da existência, aquela metade em que passamos dormindo e fazendo aquilo sem importância alguma, que é sonhar. Certeza às vezes questionada por um ou outro excêntrico como Freud e alguns xamãs de afastadas aldeias indígenas. Curiosamente, nos últimos tempos as pesquisas científicas vêm resgatando a importância dos sonhos, não só para a saúde mental, mas também como bússola do inconsciente, uma bússola que aponta para a vida e para o futuro, uma possibilidade de mudança, de transformação. E, assim, volto novamente a Antonio Candido. Um dos pontos principais do seu ensaio é o trecho em que ele responde diretamente à questão sobre o direito à literatura e o compara à necessidade física que temos de sonhar: "Assim como todos sonham todas as noites, ninguém é capaz de passar as vinte e quatro horas do dia sem alguns momentos de entrega ao universo fabulado." Ou seja, a literatura seria uma necessidade tão essencial como o sonho, uma necessidade do organismo, de toda sociedade, do ser humano. E talvez esteja gravada em nós, escrita no corpo.

O PASSADO

A literatura salva, dizem. Eu tendo a concordar, não sempre, não o tempo todo, mas pode salvar. Salva porque nos permite criar, através da ficção, uma origem e um futuro. Ah, mas é ficção, poderiam argumentar alguns. Sim, mas não importa. Não importa se é sonho ou vigília, realidade ou ficção. Mais uma vez, ao contrário do que a nossa lógica binária possa indicar, em última instância, não há diferença entre essas categorias. Tudo é palavra, tudo é ficção, inclusive a memória – aquilo que imaginamos ser nós mesmos. A ficção é escrita do inconsciente, pode nos dar um passado, e pode também nos dar um futuro e um presente por onde caminhar.

O AUTOR

"A gente acha que a gente possui o que a gente pensa", disse Ailton Krenak numa entrevista. E ele tem razão, nós realmente acreditamos que aquilo que sabemos e pensamos é algo que nos pertence, mérito só nosso. Não devemos nada a ninguém, como se tivéssemos nascido de um repolho, sem pai nem mãe, sem ninguém antes ou depois de nós. Essa ideia encerra o conceito de gênio, aquele que só deve o seu talento às musas que o inspiram, alguém que, sozinho, surge como único produtor de uma obra de arte. Às vezes esquecemos que a ideia de autor é relativamente nova – surge no Renascimento a obra como propriedade privada. *Dom Quixote* é, também nesse quesito, um caso interessante dessa transição. Cervantes tinha escrito o primeiro volume, tinha vendido muito, um best-seller para a época, com traduções em vários idiomas, mas Cervantes não estava interessado numa continuação do *Quixote* – ele tinha outros planos. Alguns anos depois surge, porém, a segunda parte, escrita não por Cervantes, mas por Avellaneda, pseudônimo de alguém que até hoje não se sabe quem é. Avellaneda simplesmente escreveu uma continuação e pronto, o que, aliás, era comum naquela época – a obra ainda não era vista como pertencente ao autor. Cervantes, porém, não gostou nada. Pelo contrário, enfureceu-se e se dedicou a terminar a "verdadeira" segunda parte do *Quixote*. Hoje em dia, ele teria processado o impostor com a ajuda de leis muito claras de propriedade intelectual. Mas, voltando ao gênio, assim como surge o autor, surge a genialidade, reflexo de uma cultura que dá ao indivíduo cada vez mais valor, até destacá-lo do todo e de sua origem. O indivíduo com seus próprios méritos; o indivíduo que não precisa de nada nem de ninguém, apenas da sua força de vontade e seu talento. O indivíduo escolhido por Deus.

HIPEROBJETO

Volto a Timothy Morton com seus hiperobjetos. E se no início desta conversa me referi à ideia de um livro que se expande no tempo e no espaço (atráves dos leitores, editores, traduções etc.), é possível pensar esse objeto não só voltado para o futuro, o que o livro vai provocar no mundo, mas também para o passado, o mundo que provocou o livro. Assim, o livro é escrito pelo autor, mas não só por ele, já que é escrito também por todos os que vieram antes dele, pela história de seu país, pelos livros que ele leu, pela cultura, pelo idioma em que ele escreve, pelos antepassados. Um livro que chega através dele, mas que não lhe pertence de todo, não lhe pertence na origem e nem em seus desdobramentos. Um livro que se escreve, mais do que é escrito. Um hiperobjeto do qual somos parte. Talvez isso nos tornasse menos reféns das nossas próprias vaidades. E mais livres para escrever.

SIMBIOGÊNESIS

A (des)ilusão do indivíduo aparece nas mais variadas áreas de conhecimento, entre elas a Biologia, que por sua vez anda cada vez mais próxima da Arte (basta pensar em Donna Haraway). Na exposição *Trees of life: Erzählungen für einen beschädigten Planeten* (Árvores da vida: narrativas para um planeta deteriorado), na Kunstverein de Frankfurt, vários artistas criaram obras para pensar as relações entre os diversos seres vivos, inclusive a nossa com os demais e com o próprio planeta. No centro da exposição, uma tela enorme onde era possível assistir ao documentário *Symbiotic Earth: how Lynn Margulis rocked the boat and started a scientific revolution*. Lynn Margulis foi uma bióloga, em certos meios mais conhecida por ter sido casada com Carl Sagan, que desenvolveu a teoria da simbiogênesis, por muito tempo ignorada pela comunidade científica, mas que começa pouco a pouco a ganhar importância nessa mesma comunidade. De forma muito resumida, Margulis afirma que a evolução ocorre a partir da simbiose (e não da lei do mais forte, como afirmam os neodarwinistas) e que quase toda a vida na Terra seria uma organização de diversas simbioses, não havendo, em termos biológicos, o indivíduo como o imaginamos. Nas palavras da própria Margulis: "Somente os procariotas (bactérias) são individuais. Todos os outros seres vivos ('organismos', como animais, plantas e fungos) são comunidades complexas desde o ponto de vista metabólico, formadas por uma multidão de seres intimamente organizados. Em outras palavras, o que geralmente entendemos como um animal individual, por exemplo uma vaca, é reconhecível como uma coleção de várias entidades autopoiéticas de diferentes tipos que, ao funcionar em conjunto, formam uma nova entidade: a vaca. Um 'indivíduo' é qualquer tipo de associação que tenha evoluído em conjunto. Em resumo, todos os organismos maiores que as bactérias são intrinsecamente comunidades." De certa forma, tanto a biologia quanto a neurociência e a própria arte vêm chegando à conclusão de que é a cooperação, e não o "self-made man", a base de qualquer sociedade possível.

OUTRAS NARRATIVAS

Lynn Margulis e sua reescrita da evolução me levam novamente a Donna Haraway, que em seus livros aponta para a necessidade de outras narrativas, para além da que nos foi contada, especialmente a narrativa dos últimos quinhentos anos. No documentário *Story Telling for Earthly Survival*, a autora, citando Sartre, se refere à história de um assassinato enquanto narrativa fundadora da nossa identidade (quem não se lembra da famosa cena de *2001 – Uma odisseia no espaço*, em que um hominídeo, após assassinar o seu oponente, joga a arma do assassinato (um osso) para o céu e este se transforma numa nave espacial?). Ela nos chama atenção para o fato de a nossa cultura ocidental demarcar dois tipos de nascimento: o nascimento físico, do bebê que sai da barriga da mãe, e o nascimento do sujeito, em toda a sua tragicidade. Este segundo nascimento se daria por um assassinato. Isto é, seria o assassinato ou a experiência da morte o que colocaria o ser humano na cultura. Haraway nos chama atenção para o absurdo desse relato, que no fundo nada mais é do que a legitimação da chamada lei do mais forte. Uma história de poder e dominação do outro. A narrativa que sustenta o sistema capitalista. Voltamos então à pergunta de Mark Fisher: "É mais fácil imaginar o fim do mundo do que o fim do capitalismo?" Mas Haraway não fica só no diagnóstico, ela aponta para soluções, e a principal seria aprender a tecer outras narrativas a partir das narrativas silenciadas. Por exemplo, repensar a narrativa única de uma natureza competitiva em prol de uma natureza cooperativa, como nos mostra Margulis. E isso está estreitamente conectado com a literatura – a literatura como forma de tecer outras formas de se relacionar, outras perspectivas (não só a narrativa vigente do cânone), outras formas de estar no mundo.

AINDA SONHOS

Quando criança, por muito tempo sofri de uma disfunção do sono chamada terror noturno. Eu acordava no meio da noite de um pesadelo e, mesmo abrindo os olhos, o pesadelo não parava de acontecer. Como se o cérebro perdesse a capacidade de diferenciar fantasia e realidade. Dizem que esse distúrbio desaparece quando se entra na idade adulta, e foi o que aconteceu. Com a chegada da adolescência e minha entrada na vida adulta, os sonhos foram ficando cada vez mais restritos ao âmbito dos sonhos, não mais esse trânsito, essa estranha linguagem. Há uma série de outros distúrbios desse tipo, em que o cérebro perde a capacidade de diferenciação. Na esquizofrenia, por exemplo, que tem como um de seus principais sintomas também uma espécie de infiltração do sonho na vigília, a pessoa ouve vozes do inconsciente como se elas estivessem ali, ao lado. De certa forma, a civilização criou uma clara separação entre sonho e vigília, loucura e razão, ser humano e natureza. A civilização talvez nada mais seja do que uma forma de lutar contra o medo do escuro. O monstro que nos espera debaixo da cama.

A LITERATURA COMO ORÁCULO

O oráculo de Delfos funcionava da seguinte forma: fazia-se uma pergunta à sacerdotisa que, em transe mediúnico, respondia em versos, como um poema, como a *Ilíada*. Esses versos, como os poemas, não tinham um significado único – palavras ambíguas que se desdobravam em metáforas pouco óbvias, sendo necessário interpretá-las. Por isso, uma má interpretação poderia levar um rei à ruína. É interessante que, assim como Delfos, a maioria dos oráculos adotem sempre uma linguagem poética, nunca informativa. A diferença? A linguagem informativa, como um jornal, nos dá fatos. Assim, se um jornal diz: "Maria vai para casa logo depois da festa", a frase significa apenas isso, que uma pessoa chamada Maria, assim que acabar a festa, vai para casa. E uma casa é apenas uma casa e só uma casa. Já numa linguagem poética, ir para casa pode ter uma série de significados: voltar para a casa dos pais, voltar para o seu país, voltar para um lugar onde ela se sente em casa etc. Quanto à festa, pode ser tanta coisa, um momento de celebração interior, um amor, um sucesso. Assim, as possibilidades se multiplicam. Um oráculo nunca diz só o que ele diz – ao contrário, ele sempre diz outra coisa. Não por acaso, Susan Sontag em *Contra a interpretação* nos adverte: "E é o hábito de abordar as obras de arte a fim de interpretá-las que, reciprocamente, sustenta a fantasia de que de fato exista algo que seja o conteúdo de uma obra de arte. (...) a interpretação é a vingança do intelecto contra a arte. Mais do que isso. É a vingança do intelecto contra o mundo. Interpretar é empobrecer, esvaziar o mundo — para erguer um mundo paralelo de 'sentidos'. É converter o mundo neste mundo. ('Este mundo'! Como se houvesse outro)." É claro que Sontag não se refere a interpretar como um procedimento, mas à necessidade de esgotar, de encontrar uma interpretação "verdadeira", um subtexto final.

MITOLOGIAS

O livro *Mitologias dos orixás*, de Reginaldo Prandi, explica a origem do oráculo: "Um dia, nas terras africanas dos povos iorubá, um mensageiro chamado Exu andava de aldeia em aldeia à procura de solução para terríveis problemas que na ocasião afligiam a todos, tanto os homens quanto os orixás." Exu ouvia a todos, todos os problemas e dramas vividos pelas pessoas, assim como todas as narrativas sobre fatos do cotidiano, por menos importantes que pudessem parecer. Dessa forma, ele juntou todas as histórias possíveis e com elas todo o conhecimento sobre a humanidade. Prandi explica que os babalaôs "aprendem essas histórias primordiais que se repetem a cada dia na vida de homens e mulheres. Para os iorubá antigos nada é novidade, tudo o que acontece já teria acontecido antes. Identificar no passado mítico o acontecimento que ocorre no presente é a chave da decifração oracular."

EXU

Exu é o mensageiro, faz a conexão entre os orixás e os seres humanos. Na mitologia grega o mensageiro é Hermes. O lugar deles é a encruzilhada. Que possibilidades nos oferece esse espaço, esse encontro entre os mundos? O que significa habitar a encruzilhada? Luiz Antonio Simas e Luiz Rufino, no livro *Fogo no mato: a ciência encantada das macumbas*, apontam para o seguinte: "temos que sair do conforto dos sofás epistemológicos e nos lançar na encruzilhada da alteridade, menos como mecanismo de compreensão apenas (normalmente estéril) e mais como vivência compartilhada. A síncope é a arte de dizer quando não se diz e não dizer quando se está dizendo."

KONEW

Numa entrevista, Elicura Chihuailaf fala dos vários gêneros da literatura Mapuche: "O Vlkantun que é poesia; o Epew, o relato; o Konew, o enigma; o Weupin, que é o discurso fundamentalmente referido à história; o Nvtrarn, a conversa como arte." Eu me pergunto sobre o que seria o Konew, um gênero literário que é também uma adivinhação. Mas o que significa isso, a adivinhação como literatura?

REPETIÇÕES

Sem a escrita o saber se constrói de outras formas, inclusive as narrativas que precisam de recursos como rimas e repetições, pedrinhas que colocamos para marcar o caminho. Mas não só isso. Tenho grande entusiasmo pela repetição. É claro que ela pode ser um excesso, uma repetição vazia. Mas a repetição pode ser uma das formas mais interessantes de conhecimento. Não um círculo que chega sempre ao mesmo ponto, mas uma espiral, e a cada volta da espiral chega-se a um lugar que é e não é o mesmo lugar; a cada volta uma nova camada desse mesmo saber. Porque sim, é possível saber em camadas, mais superficiais ou mais profundas; é possível saber inclusive uma mesma frase que vai se aprofundando cada vez mais. De alguma forma, o texto informativo nos afasta desse movimento. O texto informativo segue um tempo linear – ninguém pensaria em repetir várias vezes a mesma informação numa notícia de jornal. Mas, na literatura, por que não? Uma literatura circular na qual uma mesma frase se repete, assumindo a cada vez outros matizes.

POEMAS CAMINHADOS

Com a pandemia, tive que repensar minha forma de escrever, os assuntos que me interessavam e até mesmo minhas (im)possibilidades. Isso me levou por caminhos desconhecidos, entre eles, os "poemas caminhados", um exercício que tenho feito quase todos os dias. A ideia partiu das minhas leituras sobre os aborígenes da Austrália. Um costume entre alguns desses grupos é acordar de manhã e fazer uma longa caminhada na qual os sonhos são contados. O objetivo é que a natureza, os pássaros, ventos e rios ouçam e assim fiquem sabendo que a pessoa está em contato com o *Dreamland* e, assim, a ajudem na caça e busca de comida. A ideia é linda, especialmente porque estabelece uma relação direta entre o inconsciente e o mundo "real". Baseada nesse ritual, passei a fazer todos os dias de manhã uma longa caminhada no parque aqui perto. Levo o gravador e à medida que caminho gravo as palavras que me vêm à mente, quase sempre aleatórias, mas que como num sonho giram em torno de algum tema. Trata-se de improviso, por isso uso a técnica da repetição como forma de estruturar o poema.

a casa é / uma linha de chegada / a casa se escreve / a casa se inscreve / nas linhas / nas marcas / do corpo / o corpo / é um outro / o corpo é / o outro / que advém / a cada palavra / que eu não digo / o outro vive em mim / como uma sombra / que me segue / e me assombra / e me transpassa / a cada vontade / de fugir / daqui. / o outro é uma vida / que veio / antes de mim / é uma veia / que vive / em mim / que vive, sim / no corpo / que é pouco / o corpo é a casa / é um monte / de gente / na montanha / no mais alto / da montanha / no corpo / os órgãos / convivem / a casa é o corpo / talvez não haja / uma casa / de onde sair.

LITERATURA COMO RECRIAÇÃO DE MUNDOS

Quem escreve literatura sabe que a escrita é também uma forma de conhecimento, de saber o que ainda não sabemos que sabemos. A escrita como um oráculo, como um sonho. Seja da parte de quem escreve, seja da de quem lê. Gloria Anzaldúa, em seu livro *Light in the dark*, faz a seguinte afirmação: "Escrever é um processo de descoberta e percepção que produz conhecimento (*knowledge*) e saber (*insight*). Muitas vezes sou levada pelo impulso de escrever algo, pelo desejo e urgência de comunicar, de dar sentido, de dar sentido às coisas, de criar a mim mesma por meio desse ato produtor de conhecimento." É interessante observar que Anzaldúa aborda a escrita como um "ato que produz conhecimento", ou seja, uma passagem, uma travessia que nos permite compreender aquilo que antes era apenas intuição. Mas talvez a questão seja não só a própria escrita, mas a palavra – cria-se através das palavras, faladas ou escritas, como se elas tivessem o poder de engendrar a realidade e o próprio autor que as pronuncia. Como um ator que se constrói através da fala de seu personagem, como a criança que representa as suas próprias angústias, como o poeta que recita seus próprios versos como se fossem de outro. Há muitas formas de nascer, e todos nascemos muitas vezes e de variadas formas, uma delas é através da literatura, a literatura como (re)criação do mundo, como transformação do indivíduo e da sociedade. Como busca, como encontro. Como forma de colocar palavras onde antes havia o nada ou apenas um contorno.

FICÇÃO E REALIDADE

Quando jovem, o meu pai teve uma namorada, uma namorada de infância, de adolescência. Eles queriam se casar, mas a família dela era contra porque meu pai se declarara ateu. Meu pai sugeriu que eles fugissem e se casassem escondidos, ela concordou. Marcaram o dia, ele conseguiu um carro emprestado, mas quando chegou no lugar combinado ela não apareceu. Ela teve medo, não teve forças para enfrentar a reação da família. Meu pai ficou com o coração partido, nunca mais se falaram. Incluí essa história no meu livro *O inventário das coisas ausentes*, uma espécie de autoficção que eu nunca quis classificar dessa forma, porque não é uma autoficção. Mas, enfim, escrevi essa história. Por uma curiosa coincidência o livro foi publicado no Chile, e me convidaram para a Feira do Livro de Santiago. Ao final do evento, uma senhora me esperava com flores e chocolates. Eu sou a moça de quem você fala no seu livro, seu tio me avisou. Ela então me abraçou, me contou que nunca casara, chorou, eu chorei também. Ela me disse, você é tão linda, poderia ter sido a filha que eu não tive com o seu pai. Obrigada por ter escrito essa história. Ela me entregou as flores e os chocolates e foi embora. E eu fiquei pensando, em algum lugar, num universo paralelo, vive essa filha que não nasceu. Até hoje tenho dúvidas sobre a veracidade desse acontecimento.

LITERATURA PARA UM MUNDO EM COLAPSO

Mas como a literatura pode nos ajudar a imaginar outros mundos? A ficção científica é um gênero interessante para se pensar essa questão, e um bom exemplo é o romance *A mão esquerda da escuridão*, de Ursula K. Le Guin. Publicado em 1969, o livro narra, entre outras coisas, a vida no planeta Gethen, onde não existem homens e mulheres, mas sujeitos "sexualmente inativos" que, durante um período determinado do mês (o kemmer), adotam as características específicas de um sexo/gênero ou de outro. "Quando o indivíduo encontra um parceiro no kemmer, a secreção hormonal recebe novo estímulo (principalmente pelo toque... secreção? cheiro?), até que, num dos parceiros, ocorra a dominância hormonal masculina ou feminina. Os órgãos genitais crescem ou encolhem, conforme o caso, as preliminares se intensificam e o outro parceiro, provocado pela mudança, assume o papel sexual oposto."

Assim, os indivíduos, durante sua vida, transitam entre os sexos, sem que nenhum deles defina a sua identidade, dando vida a uma sociedade estruturada sobre outras bases. Le Guin nos guia no exercício imaginativo não só do que seria uma sociedade sem divisão de gênero enquanto estrutura de poder, mas também nos faz repensar a nossa própria realidade. O livro foi criticado por usar o masculino como referência (pronome pessoal "ele"), assim como as relações heterossexuais como normalidade. Le Guin aceitou as críticas e fez modificações na sua obra anos depois. Um episódio em que obra e autora têm muito a nos ensinar sobre o papel e a potência da literatura.

A CONSTRUÇÃO DO ORÁCULO

Instruções: 1) Pense durante uma hora no que gostaria de perguntar; de preferência dê um longo passeio a pé enquanto isso. Quando tiver certeza do que gostaria de saber, e se realmente gostaria de saber o que você acha que gostaria de saber, sente-se num lugar calmo, pegue papel e caneta e escreva e reescreva quantas vezes for necessário até chegar à pergunta exata. Adianto que o sucesso do oráculo está justamente aí, na pergunta. A arte de perguntar é muito antiga e complexa, exige longo treinamento, perseverança, mas não desista, com o tempo você vai percebendo que as perguntas vão ficando cada vez melhores, cada vez mais exatas. Quando elas se tornarem perfeitas você não precisará mais das respostas. 2) Com a pergunta em mente, jogue o dado sobre uma superfície lisa e escura. Jogue o dado três vezes, some os resultados, procure o número correspondente a seguir:

1. Quando certa manhã Gregor Samsa acordou de sonhos intranquilos, encontrou-se em sua cama metamorfoseado num inseto monstruoso.
2. —————— estou procurando, estou procurando. Estou tentando entender. Tentando dar a alguém o que vivi e não sei a quem, mas não quero ficar com o que vivi. Não sei o que fazer do que vivi, tenho medo dessa desorganização profunda. Não confio no que me aconteceu. Aconteceu-me alguma coisa que eu, pelo fato de não a saber como viver, vivi uma outra?

3. Mundo mundo vasto mundo, / se eu me chamasse Raimundo / seria uma rima, não seria uma solução. / Mundo mundo vasto mundo, / mais vasto é meu coração.
4. Ele — pois não poderia haver dúvida quanto ao seu sexo, embora a moda da época contribuísse para disfarçá-lo.
5. (...) queria tanto te falar, não, não faz agora, Ehud, por favor, queria te falar, te falar da morte de Ivan Ilitch, da solidão desse homem, desses nadas do dia a dia que vão consumindo a melhor parte de nós, queria te falar do fardo quando envelhecemos, do desaparecimento, dessa coisa que não existe mas é crua, é viva, o Tempo.
6. Há pratos, mas falta apetite. / Há alianças, mas o amor recíproco se foi / há pelo menos trezentos anos. Há um leque — onde os rubores? / Há espadas — onde a ira? / E o alaúde nem ressoa na hora sombria.
7. Tudo ainda em suspenso, / ainda silente. / Tudo sereno, / ainda em sossego. / Tudo em silêncio, / vazio também o ventre do céu.
8. Só me interessa o que não é meu. Lei do homem. Lei do antropófago.
9. Trate-me por Ishmael. Há alguns anos – não importa quantos ao certo –, tendo pouco ou nenhum dinheiro no bolso, e nada em especial que me interessasse em terra firme, pensei em navegar um pouco e visitar o mundo das águas. É o meu jeito de afastar a melancolia e regular a circulação.

10. No dia seguinte entrou a dizer de mim nomes feios, e acabou alcunhando-me Dom Casmurro. Os vizinhos, que não gostam dos meus hábitos reclusos e calados, deram curso à alcunha, que afinal pegou.
11. Eu nasci em Savalu, reino de Daomé, África, no ano de um mil oitocentos e dez. Portanto, tinha seis anos, quase sete, quando esta história começou. O que aconteceu antes disso não tem importância, pois a vida corria paralela ao destino.
12. Foi assassinato.
13. Há milhões e milhões de anos /pôs-se sobre duas patas / a mulher era braba e suja / braba e suja e ladrava.
14. Sou um homem de certa idade. A natureza de minha ocupação nos últimos trinta anos fez com que eu tivesse um contato pouco comum com certo grupo de homens aparentemente interessantes e um tanto diferentes, a respeito dos quais nada, que eu saiba, jamais foi escrito
15. *Nossa casa é velha, fria e verde.* À noite, um lampião de querosene ilumina uma sala grande. Os outros aposentos ficam no escuro, povoados por baratas e camundongos. Os adultos não conversam conosco – dão-nos instruções.
16. Como se "mãe e filha" fossem vida e repugnância. Não, não se podia dizer que amava sua mãe. Sua mãe lhe doía, era isso.
17. Muito cedo foi tarde demais na minha vida. Aos dezoito anos, já era tarde demais. Entre os dezoito e os vinte e cinco anos, meu rosto tomou um rumo imprevisto. Aos dezoito, envelheci.

18. Uma palavra / deve-se pagar / com outra palavra / não necessariamente / do mesmo tamanho

FUTURO

Penso com frequência nas palavras do xamã Yanomami Davi Kopenawa: "Os brancos nos chamam de ignorantes apenas porque somos gente diferente deles. Na verdade, é o pensamento deles que se mostra curto e obscuro. Não consegue se expandir e se elevar, porque eles querem ignorar a morte (...) Os brancos não sonham tão longe quanto nós. Dormem muito, mas só sonham consigo mesmos." A frase do xamã me remete ao Quixote, que sonhava com gigantes e encantadores e donzelas, o homem que enlouquecera diante de uma vida de realidade única, de narrativa única, de um sujeito novo, isolado de si e do resto. Talvez esteja ali, nesse diagnóstico tão preciso, a seta que aponta o caminho. O que seria sonhar com o outro? Através de si mesmo? Talvez, fazer como Sancho, que transitava entre os mundos, abrindo espaço.

O TEXTO DESDOBRÁVEL

Mas como se dá, na prática, aquilo que até então é só teoria? Como permitir que a literatura diga aquilo que ainda não vislumbramos, que ainda não tomou corpo? Como criar um desvio na destruição que retorna? Como criar um desvio em nossas possibilidades futuras, mas também passadas? Sim, porque um está conectado ao outro, e o passado também se reescreve. É necessário incluir um saber do outro, e também o saber do corpo, do sonho, da arte, do oráculo, que são ao mesmo tempo subjetivos e comunitários. E voltando ao texto literário, que, por seu caráter metafórico, de variadas interpretações (que se estendem em direção a diferentes espaços e tempos), de profunda conexão com o inconsciente (com esse sujeito que não sou eu), permite que o autor diga sem controlar totalmente o que está dizendo, que ele fale para além da própria subjetividade, uma fala permeada pelos que vieram antes dele e pelos que ainda virão, e que seus leitores, por sua vez, leiam além do que o próprio autor disse, ou acha que disse. É nesse jogo de sentidos desdobráveis que se abre espaço, as pequenas frestas, para que surjam outros mundos. Soluções ainda não pensadas, ou que sempre estiveram aí, mundos que, a partir das palavras que recobrem o mistério do presente, apontam para outros passados e futuros possíveis. Não por acaso, nas culturas pré-modernas, a figura mais próxima do escritor ou do artista era/é o xamã, aquele que se deixava transpassar pelo mistério das coisas.

À GUISA DE CONCLUSÃO

Não acredito em conclusões, elas nos dão sempre a ilusão (reconfortante) de que chegamos a algum lugar. Quando o melhor seria não contar com isso. Mas gosto da seguinte frase de Deleuze como forma de iniciar outros livros: "Acreditar no mundo é o que mais nos falta: nós perdemos completamente o mundo, nos desapossaram dele. Acreditar no mundo significa principalmente suscitar acontecimentos, mesmo pequenos, que escapem ao controle, ou engendrar novos espaços-tempos, mesmo de superfície ou volume reduzidos." Trata-se de uma aposta, da aposta na importância desses pequenos acontecimentos, que podem, sim, engendrar-se na literatura, literatura escrita e cantada, literatura da mente e do corpo, literatura do sonho e vigília, literatura, esse sonho acordado da palavra.

O MUNDO DESDOBRÁVEL

no mundo desdobrável
os seres
são e não são
são e são
são ou não são
sim e não
sãos e salvos
e nessa contração
a noite se ilumina

no mundo desdobrável
tudo
fala
se inscreve
na areia
em pequenas estrelas
cadentes
que o mar levou

no mundo desdobrável
o corpo habita os rios
lava
estende
a alma dos mortos
no varal
depois
descansa
ao sol

no mundo desdobrável
nossos passos
rítmicos
cíclicos
murmuram
ao longe
folhas mortas
outonais

no mundo desdobrável
a casa não é uma casa
a rua não é uma rua
a espera não é uma pausa
no mundo desdobrável
corre subterrâneo
teu nome em silêncio

no mundo desdobrável
a frase
é também outra frase
e outra frase
e outra frase
e outra
e outra
e outra
frase
até cansar

no mundo desdobrável
nada vai a lugar
nenhum
nada vai
nada volta
os seres
já estavam
todos
prontos
num único
ponto

no mundo desdobrável
o poeta
é expulso
pelo poema
mola
pássaro
serpentina
de carnaval

AGRADECIMENTOS

Começo agradecendo à Maíra Nassif, que me fez o convite. Um livro de ensaios para a Coleção Nos.Otras era uma proposta irrecusável e me obrigou a finalmente concretizar um projeto no qual eu vinha pensando há tempos. Agradeço não só o convite, mas também a leitura e o diálogo tão importantes para que o livro chegasse à sua forma final. Obrigada ao Peter W. Schulze pela leitura, pelas sugestões e pelo diálogo, sem esse apoio o trajeto teria sido muito mais difícil. Agradeço à minha interlocutora e amiga Cecilia Gil Mariño pela leitura atenta e pelas longas conversas. Obrigada à Ana Teixeira pelo seu olhar sempre belo e incomum. Obrigada também à Elisabeth da Rocha Miranda pela leitura e pelas conversas sobre arte e psicanálise. Agradeço também ao Claudio Cardinalli pelo olhar criterioso e atento. Meu muito obrigada, sempre, ao David França Mendes, pela leitura, pelas conversas e por estar ao meu lado. E como não poderia deixar de ser, meu agradecimento à Victoria, por me ensinar tanta coisa.

ÍNDICE

Prólogo **09**

A escrita do fim do mundo **11**
A caligrafia enquanto coreografia **23**
Um teto todo nosso **47**
Estranhos narradores **75**
O eu não é mais senhor do próprio texto **95**
Quando a realidade não dá conta da realidade **121**
O legado de Sancho **143**
Por uma literatura expandida **163**
O mundo desdobrável **197**

Agradecimentos **209**

coleção **NOS.OTRAS**

Pronome feminino na primeira pessoa do plural. Desinência de gênero própria da língua espanhola. Sujeito do eu que inclui a noção de outro. Uma coleção de textos escritos por autoras latino-americanas, mulheres brasileiras e hispanofalantes de hoje e de ontem, daqui, dali e de lá. Uma coleção a favor da alteridade e da sororidade, este substantivo ainda não dicionarizado. Nós e outras, nós e elas, nós nelas e elas em nós. NOS.OTRAS pretende aproximar-nos, cruzando fronteiras temporais, geográficas, idiomáticas e narrativas. A proposta é pelo diálogo plural, dar voz e visibilidade a projetos literários heterogêneos que nem sempre encontram espaço editorial. Publicaremos sobretudo não ficção – ensaios, biografias, crônicas, textos epistolares –, mas prosas de gênero híbrido, fronteiriças à ficção, também são bienvenidas. Porque nosotras somos múltiplas.

Curadoria e coordenação editorial:
Mariana Sanchez e Maíra Nassif

coleção **NOS.OTRAS**

Conheça os outros títulos da coleção:

• *Viver entre línguas*, de Sylvia Molloy.
Tradução de Mariana Sanchez e Julia Tomasini.

• *Tornar-se Palestina*, de Lina Meruane.
Tradução de Mariana Sanchez.

• *E por olhar tudo, nada via*, de Margo Glantz.
Tradução de Paloma Vidal.

Próximo lançamento:

• *A irmã menor – um retrato de Silvina Ocampo*,
de Mariana Enríquez. Tradução de Mariana Sanchez.

© Carola Saavedra, 2021
© Relicário Edições, 2021
Imagem de capa: © Paula Albuquerque, 2021

Dados Internacionais de Catalogação na Publicação (CIP) de acordo com ISBD

S112m   Saavedra, Carola
O mundo desdobrável: ensaios para depois do fim / Carola Saavedra.
Belo Horizonte : Relicário, 2021.
216 p. ; 13cm x 19cm. – (Coleção Nosotras ; v.4)

ISBN: 978-65-86279-29-0

1. Literatura. 2. Ensaio. 3. Carola Saavedra. I. Título. II. Série

CDD 808.84
CDU 82-4

2021-1432

Elaborado por Vagner Rodolfo da Silva - CRB-8/9410

Curadoria e coordenação editorial: Mariana Sanchez e Maíra Nassif
Assistente editorial: Márcia Romano
Revisão: Maria Fernanda Moreira
Capa, projeto gráfico e diagramação: Paula Albuquerque
Fotografia Carola Saavedra: Camilla Loreta
Fotografia criança indígena (capa): Márcio Luiz Chaves

Relicário Edições
Rua Machado, 155, casa 1, Colégio Batista | Belo Horizonte, MG, 31110-080
relicarioedicoes.com | contato@relicarioedicoes.com

2ª reimpressão [primavera de 2022]

Esta obra foi composta em Crimson
Text sobre papel Pólen Bold 70 g/m²
para a Relicário Edições.